ammann

Fernando Pessoa

Alberto Caeiro · Dichtungen
Ricardo Reis · Oden

Portugiesisch und Deutsch
Aus dem Portugiesischen übersetzt und
mit einem Nachwort versehen von
Georg Rudolf Lind

Ammann Verlag

Erste Auflage

Satz: Fosaco AG, 8363 Bichelsee
Druck und Einband: Stämpfli & Cie. AG, Bern
ISBN 3-250-10040-4

Alberto Caeiro · Dichtungen

Vorwort zu Alberto Caeiros Gedichten von Ricardo Reis

Alberto Caeiro da Silva wurde im April 1889 in Lissabon geboren und starb dortselbst 1915 an Tuberkulose. Sein Leben hat sich jedoch fast zur Gänze auf einem Gut im Ribatejo abgespielt; nur die letzten Lebensmonate verbrachte er von neuem in der Stadt seiner Geburt. Dort sind fast alle seine Gedichte entstanden, sowohl das Buch »Der Hüter der Herden« als auch die unvollständigen Gedichte »Der verliebte Hirte« und einige andere, früher verfaßte, die ich samt allen anderen zum Zwecke der Veröffentlichung unter der Bezeichnung geerbt habe, die mir Álvaro de Campos suggeriert hat: »Unzusammenhängende Gedichte«. Letztere sind, von Nr. (. . .) an, ein Ergebnis des letzten Lebensabschnitts des Autors, den er von neuem in Lissabon verbrachte. Ich halte es für meine Pflicht, diese kleine Unterscheidung vorzunehmen, denn einige der letzten Gedichte sind, durch Krankheit verwirrt, dem allgemeinen Charakter des Werkes, seiner Natur wie seiner Richtung, einigermaßen fremd.

Caeiros Leben kann man nicht erzählen, denn es gibt darin nichts zu erzählen. Was darin Leben hat, sind die Gedichte. Im übrigen findet man darin weder Episoden noch Geschichten. Selbst die unergiebige, sinnlose Episode, die zu den Gedichten von »Der verliebte Hirte« Anstoß gab, war kein Geschehnis, sondern sozusagen eine Vergeßlichkeit.

Caeiros Werk bringt die umfassende Neubegründung des Heidentums, so wie es weder Griechen noch Römer, die darin lebten und folglich nicht darüber nachdachten, zustandebringen konnten. Indessen sind das Werk und sein Heidentum weder gedacht noch gefühlt worden; sie waren einfach da samt jenem Etwas, das in uns tiefer ist als Gefühl oder Vernunft. Mehr zu sagen hieße, sich auf Erklärungen einzulassen, was zu nichts nütze ist; weniger zu behaupten hieße lügen. Jedes Werk spricht für sich mit der Stimme, die ihm zu eigen ist, und in der Sprache, in der es sich im Geiste herausbildet; wer es nicht versteht, kann es nicht verstehen, und infolgedessen kann man es ihm nicht erklären. Es wäre so, als wollte man jemandem eine Sprache erklären, die er nicht spricht.

Des Lebens unkundig und fast unkundig auch der Literatur, nahezu ohne geselligen Umgang und ohne Kultur hat Caeiro sein Werk geschaffen und damit einen unmerklichen, aber beträchtlichen Fortschritt erreicht, wie er durch das unbewußte Bewußtsein der Menschen hindurch die logische Entwicklung der Zivilisationen steuert. Es war dies ein Fortschritt in den Sinneswahrnehmungen oder vielmehr der Art und Weise, sie zu fühlen, und dazu die innere Evolution von Gedanken, die von solchen fortschreitenden

Sinneswahrnehmungen abstammten. Mit Hilfe einer übermenschlichen Intuition, mit der man Religionen begründen könnte, ohne daß ihr die Bezeichnung einer religiösen Sinneswahrnehmung zustünde, hat dieser Mann die Welt beschrieben (?), ohne über sie nachzudenken, und einen Begriff des Weltalls geschaffen, der keine Auslegung (?) enthält.

Als mir die Aufgabe übertragen wurde, diese Bücher zu veröffentlichen, dachte ich zunächst daran, eine ausführliche kritische Studie über Caeiros Werk, seine Natur und natürliche Bestimmung zu verfassen. Ich konnte jedoch keine Studie zustandebringen, die mich befriedigt hätte.

Es bedrückt mich, daß die Vernunft mich anhält, mich auf diese wenigen Worte zum Werk meines Meisters zu beschränken, nichts Nützlicheres oder Notwendigeres schreiben zu können, als ich bereits mit dem Herzen in der Ode Nr. XIV meines Ersten Buches ausgesagt habe; in ihr beweine ich den Mann, der für mich, wie er es für viele andere sein wird, der Entdecker der Wirklichkeit gewesen ist oder, wie er selber es nannte, »der Argonaute der wahren Sinneswahrnehmungen« — der große Befreier, der uns mit seinem Gesang an das lichterfüllte Nichts zurückgab, das wir sind; der uns dem Tode wie dem Leben entriß und uns unter den einfachen Dingen beließ, die in ihrem Ablauf weder vom Leben noch vom Sterben wissen; der uns von Hoffnung und Verzweiflung befreit hat, damit wir uns nicht ohne Ursache trösten und nicht grundlos betrüben sollten, wie er Gäste der objektiven Notwendigkeit des Weltalls, ohne daran zu denken.*

Ich überlasse das Werk, dessen Herausgabe mir anvertraut wurde, dem schicksalhaften Zufall der Welt. Ich übergebe es ihr und sage:

Freut euch, ihr alle, die ihr während der größten Krankheit der Geschichte weint!

Der große Pan ist wiedergeboren!

Das ganze Werk ist auf Wunsch des Autors dem Gedenken an Cesário Verde gewidmet.

(?) Zweifel an der Lesart des portugiesischen Manuskripts. * Die Odenzahl vom Übersetzer hinzugefügt.

Alberto Caeiro
O Guardador de Rebanhos (1911–1912)

Alberto Caeiro
Der Hüter der Herden

I

Eu nunca guardei rebanhos,
Mas é como se os guardasse.
Minha alma é como um pastor,
Conhece o vento e o sol
E anda pela mão das Estações
A seguir e a olhar.
Toda a paz da Natureza sem gente
Vem sentar-se a meu lado.
Mas eu fico triste como um pôr-de-sol
Para a nossa imaginação,
Quando esfria no fundo da planície
E se sente a noite entrada
Como uma borboleta pela janela.

Mas a minha tristeza é sossego
Porque é natural e justa
E é o que deve estar na alma
Quando já pensa que existe
E as mãos colhem flores sem ela dar por isso.

Com um ruído de chocalhos
Para além da curva da estrada,
Os meus pensamentos são contentes.
Só tenho pena de saber que eles são contentes,
Porque, se o não soubesse,
Em vez de serem contentes e tristes,
Seriam alegres e contentes.

Pensar incomoda como andar à chuva
Quando o vento cresce e parece que chove mais.

Não tenho ambições nem desejos.
Ser poeta não é uma ambição minha.
É a minha maneira de estar sozinho.

I

Nie habe ich Herden gehütet,
und dennoch ist es, als ob ich sie hütete.
Meine Seele ist wie ein Hirte,
kennt den Wind und die Sonne
und geht an der Hand der Jahreszeiten,
folgt ihnen und schaut.
Aller Friede der menschenleeren Natur
gesellt sich mir zu.
Aber traurig werde ich wie ein Abendrot
in unserer Einbildung,
wenn es kalt wird in der Tiefe der Ebene
und man spürt, die Nacht drang ein
wie ein Schmetterling durch das Fenster.

Doch meine Trauer ist Ruhe,
weil sie natürlich und richtig ist,
weil gerade sie in der Seele sein muß,
wenn sie schon an ihr Dasein denkt
und die Hände Blumen pflücken, ohne daß sie es merkt.

Mit einem Schellengeläute
hinter der Straßenbiegung
sind meine Gedanken zufrieden.
Mich schmerzt nur, zu wissen, daß sie zufrieden sind,
weil sie, wüßt' ich es nicht,
statt traurig-zufrieden
heiter-zufrieden wären.

Denken ist lästig wie ein Gang durch den Regen,
wenn der Wind zunimmt und es stärker zu regnen scheint.

Ich habe weder Ehrgeiz noch Wünsche.
Dichter zu sein ist nicht mein Ehrgeiz.
Es ist meine Art, einsam zu sein.

E se desejo às vezes,
Por imaginar, ser cordeirinho
(Ou ser o rebanho todo
Para andar espalhado por toda a encosta
A ser muita coisa feliz ao mesmo tempo),
É só porque sinto o que escrevo ao pôr do sol,
Ou quando uma nuvem passa a mão por cima da luz
E corre um silêncio pela erva fora.

Quando me sento a escrever versos
Ou, passeando pelos caminhos ou pelos atalhos,
Escrevo versos num papel que está no meu pensamento,
Sinto um cajado nas mãos
E vejo um recorte de mim
No cimo dum outeiro,
Olhando para o meu rebanho e vendo as minhas ideias,
Ou olhando para as minhas ideias e vendo o meu rebanho,
E sorrindo vagamente como quem não compreende o que se diz
E quer fingir que compreende.

Saúdo todos os que me lerem,
Tirando-lhes o chapéu largo
Quando me vêem à minha porta
Mal a diligência levanta no cimo do outeiro.
Saúdo-os e desejo-lhes sol,
E chuva, quando a chuva é precisa,
E que as suas casas tenham
Ao pé duma janela aberta
Uma cadeira predilecta
Onde se sentem, lendo os meus versos.
E ao lerem os meus versos pensem
Que sou qualquer coisa natural –
Por exemplo, a árvore antiga
À sombra da qual quando crianças
Se sentavam com um baque, cansados de brincar,
E limpavam o suor da testa quente
Com a manga do bibe riscado.

8.3.1914

Und wenn ich zuweilen –
in meiner Phantasie – ein Lämmlein sein möchte
(oder die ganze Herde,
um über den ganzen Abhang auszuschwärmen
und recht viel Glück auf einmal zu sein),
so nur, weil ich das fühle, was ich im Abendrot schreibe
oder wenn eine Wolke mit der Hand über das Licht fährt
und ein Schweigen über die Gräser huscht.

Wenn ich mich setze, um Verse zu schreiben
oder, über Wege und Stege wandernd,
Verse auf ein Papier in meinem Denken schreibe,
spüre ich einen Hirtenstab in den Händen
und sehe mein Ebenbild
auf eines Hügels Höhe
auf meine Herde schauen und meine Gedanken sehen
oder auf meine Gedanken schauen und meine Herde sehen
und vage lächeln wie jemand, der nicht versteht, was man sagt,
und so tun will, als ob er verstünde.

Ich grüße alle, die mich lesen werden,
und ziehe vor ihnen den breiten Hut,
wenn sie mich an meiner Tür erblicken,
sobald die Kutsche auftaucht auf der Höhe des Hügels.
Ich grüße sie und wünsch' ihnen Sonne
und Regen, wenn Regen nottut,
in ihren Häusern möge
unter dem offenen Fenster
ihr Lieblingsstuhl stehen,
auf den sie sich setzen sollen, um meine Verse zu lesen.
Beim Lesen meiner Verse mögen sie denken,
ich sei ein Stück der Natur –
beispielsweise der alte Baum,
in dessen Schatten sie sich als Kinder,
ermattet vom Spielen, fallen ließen
und mit dem zerrissenen Schürzenärmel
den Schweiß von der heißen Stirne wischten.

II

O meu olhar é nítido como um girassol.
Tenho o costume de andar pelas estradas
Olhando para a direita e para a esquerda,
E de vez em quando olhando para trás...
E o que vejo a cada momento
É aquilo que nunca antes eu tinha visto,
E eu sei dar por isso muito bem...
Sei ter o pasmo essencial
Que tem uma criança se, ao nascer,
Reparasse que nascera deveras...
Sinto-me nascido a cada momento
Para a eterna novidade do Mundo...

Creio no mundo como num malmequer,
Porque o vejo. Mas não penso nele
Porque pensar é não compreender...
O Mundo não se fez para pensarmos nele
(Pensar é estar doente dos olhos)
Mas para olharmos para ele e estarmos de acordo...

Eu não tenho filosofia: tenho sentidos...
Se falo na Natureza não é porque saiba o que ela é,
Mas porque a amo, e amo-a por isso,
Porque quem ama nunca sabe o que ama
Nem sabe porque ama, nem o que é amar...

Amar é a eterna inocência,
E a única inocência é não pensar...

8.3.1914

III

Ao entardecer, debruçado pela janela,
E sabendo de soslaio que há campos em frente,
Leio até me arderem os olhos
O livro de Cesário Verde.

II

Mein Blick ist strahlend wie eine Sonnenblume . . .
Ich habe die Angewohnheit, über die Straßen zu wandern
und dabei nach rechts und nach links zu schauen
und manchmal auch rückwärts . . .
und was ich in jedem Augenblick sehe,
habe ich nie zuvor gesehen
und weiß sehr wohl darauf achtzugeben . . .
Ich kenne den Wesensschauder,
den Kinder spüren würden, wenn sie bei der Geburt begriffen,
daß sie wirklich das Licht der Welt erblickten . . .
Ich fühle mich alle Augenblicke
für die ewige Neuheit der Welt geboren . . .

Ich glaub' an die Welt wie an ein Tausendschönchen,
weil ich sie sehe. Aber ich denke nicht über sie nach,
denn denken heißt nicht-verstehen.
Die Welt ward nicht geschaffen, damit wir über sie nachdenken sollten
(denken heißt augenkrank sein),
sondern damit wir sie anschaun und mit ihr einig sind.

Ich habe keine Philosophie, ich habe Sinne . . .
Rede ich von der Natur, so nicht, weil ich weiß, was sie ist,
sondern weil ich sie liebe und deshalb liebe ich sie;
denn niemals weiß der Liebende, was er liebt,
noch auch, warum er liebt oder was lieben ist . . .

Lieben ist ewige Unschuld
und die einzige Unschuld ist: nicht zu denken.

III

In der Dämmerung, aus dem Fenster gelehnt,
und insgeheim wissend, daß vor mir Felder liegen,
lese ich, bis mir die Augen brennen,
Cesário Verdes Buch.[1]

Que pena que tenho dele! Ele era um camponês
Que andava preso em liberdade pela cidade.
Mas o modo como olhava para as casas,
E o modo como reparava nas ruas,
E a maneira como dava pelas coisas,
É o de quem olha para árvores,
E de quem desce os olhos pela estrada por onde vai andando
E anda a reparar nas flores que há pelos campos...

Por isso ele tinha aquela grande tristeza
Que ele nunca disse bem que tinha,
Mas andava na cidade como quem anda no campo
E triste como esmagar flores em livros
E pôr plantas em jarros...

IV

Esta tarde a trovoada caiu
Pelas encostas do céu abaixo
Como um pedregulho enorme...
Como alguém que duma janela alta
Sacode uma toalha de mesa;
E as migalhas, por caírem todas juntas,
Fazem algum barulho ao cair,
A chuva chovia do céu
E enegreceu os caminhos...

Quando os relâmpagos sacudiam o ar
E abanavam o espaço
Como uma grande cabeça que diz que não,
Não sei porquê — eu não tinha medo —
Pus-me a rezar a Santa Bárbara
Como se eu fosse a velha tia de alguém...

Wie sehr beklage ich ihn! Er war ein Bauer,
der als Gefangener frei durch die Stadt ging.
Doch seine Art, auf die Häuser zu schauen,
seine Art, auf die Straßen zu achten,
die Dinge ins Auge zu fassen,
sind die eines Menschen, der Bäume betrachtet,
die Augen über die Straße, auf der er einhergeht, schweifen läßt
und auf die Blumen achtgibt, die auf den Feldern stehen . . .

Daher die große Traurigkeit,
die er niemals recht zugeben wollte –
er ging durch die Stadt, als ginge er übers Feld,
traurig wie wenn man Blumen in Büchern preßt
und Pflanzen in Krüge stellt . . .

[1] Césário Verde (1855–1886), Dichter der Stadt Lissabon, von F. Pessoa als Wegbereiter des Modernismus geschätzt.

IV

Heute nachmittag ging das Gewitter
an den Hängen des Himmels nieder
wie ein gewaltiger Steinschlag . . .
Wie jemand aus einem hohen Fenster
ein Tischtuch ausschüttelt
und die Krümel machen, weil sie gemeinsam fallen,
im Niederfallen Geräusche,
rann Regen vom Himmel
und schwärzte die Wege . . .

Als die Blitze die Luft erschütterten
und den Raum durchzuckten,
wie wenn ein großes Haupt nein sagt,
schickte ich ein Gebet – warum nur? – ich hatte gar keine Angst –
zur heiligen Barbara,
als wäre ich irgend jemandes alte Tante.

Ah! é que rezando a Santa Bárbara
Eu sentia-me ainda mais simples
Do que julgo que sou...
Sentia-me familiar e caseiro
E tendo passado a vida
Tranquilamente, como o muro do quintal;
Tendo ideias e sentimentos por os ter
Como uma flor tem perfume e cor...

Sentia-me alguém que possa acreditar em Santa Bárbara...
Ah, poder crer em Santa Bárbara!

(Quem crê que há Santa Bárbara,
Julgará que ela é gente visível
Ou que julgará dela?)

(Que artifício! Que sabem
As flores, as árvores, os rebanhos,
De Santa Bárbara?... Um ramo de árvore,
Se pensasse, nunca podia
Construir santos nem anjos...
Poderia julgar que o sol
É Deus, e que a trovoada
É uma quantidade de gente
Zangada por cima de nós...
Ah, como os mais simples dos homens
São doentes e confusos e estúpidos
Ao pé da clara simplicidade
E saúde em existir
Das árvores e das plantas!)

E eu, pensando em tudo isto,
fiquei outra vez menos feliz...
Fiquei sombrio e adoecido e soturno
Como um dia em que todo o dia a trovoada ameaça
E nem sequer de noite chega...

Ja, als ich zur heiligen Barbara betete,
fühlte ich mich noch schlichter
als ich mich ohnehin fühle,
fühlte mich häuslich, im Schoß der Familie,
als hätte ich dieses Leben
so still wie die Hinterhofmauer verbracht,
hatte Gedanken und hatte Gefühle, nur weil ich sie hatte,
wie eine Blume Farbe und Duft . . .

Ich fühlte mich so wie jemand, der an die heilige Barbara glauben kann . . .
Ach, an die heilige Barbara glauben können!

(Wer da glaubt, es gäbe die heilige Barbara,
meint er, sie sei ein Mensch und sichtbar,
oder was meint er von ihr?)

(Welch eine Täuschung! Was wissen
die Blumen, die Bäume, die Herden
von der heiligen Barbara? . . . Der Zweig eines Baumes,
könnte er denken, könnte doch niemals
Heilige oder Engel erfinden . . .
Er könnte nur meinen: die Sonne ist Gott
und das Gewitter
eine Anzahl erboster Leute
über unseren Köpfen . . .
Wie sind selbst die schlichtesten aller Menschen
töricht, verworren und krank,
neben der klaren Einfalt
und dem gesunden Dasein
von Bäumen und Pflanzen!)

Als ich an dies alles dachte,
fühlt' ich mich abermals weniger glücklich.
Fühlte mich düster und krank und finster
wie ein Tag, über dem ein Gewitter droht,
das selbst zur Nachtzeit nicht niedergeht . . .

V

Há metafísica bastante em não pensar em nada.

O que penso eu do mundo?
Sei lá o que penso do mundo!
Se eu adoecesse pensaria nisso.

Que ideia tenho eu das coisas?
Que opinião tenho sobre as causas e os efeitos?
Que tenho eu meditado sobre Deus e a alma
E sobre a criação do Mundo?
Não sei. Para mim pensar nisso é fechar os olhos
E não pensar. É correr as cortinas
Da minha janela (mas ela não tem cortinas).

O mistério das coisas? Sei lá o que é mistério!
O único mistério é haver quem pense no mistério.
Quem está ao sol e fecha os olhos,
Começa a não saber o que é o sol
E a pensar muitas coisas cheias de calor.
Mas abre os olhos e vê o sol,
E já não pode pensar em nada,
Porque a luz do sol vale mais que os pensamentos
De todos os filósofos e de todos os poetas.
A luz do sol não sabe o que faz
E por isso não erra e é comum e boa.

Metafísica? Que metafísica têm aquelas árvores?
A de serem verdes e copadas e de terem ramos
E a de dar fruto na sua hora, o que não nos faz pensar,
A nós, que não sabemos dar por elas.
Mas que melhor metafísica que a delas,
Que é a de não saber para que vivem
Nem saber que o não sabem?

V

Auch im Nichtdenken steckt genug Metaphysik.

Was ich denke über die Welt?
Weiß ich, was ich denke über die Welt!
Wenn ich krank würde, dächte ich dran.

Welche Vorstellung ich von den Dingen habe?
Welche Ansichten über Wirkung und Ursache?
Was ich über Gott und die Seele
und die Erschaffung der Welt ergrübelt habe?
Ich weiß es nicht. Für mich heißt daran denken die Augen schließen
und gar nicht denken. Heißt meines Fensters
Vorhänge zuziehn (aber es hat keine Vorhänge).

Das Geheimnis der Dinge? Weiß ich, was Geheimnis ist!
Das einz'ge Geheimnis bleibt, daß da jemand ist, der ans
Geheimnis denken möchte.
Wer in der Sonne steht und die Augen schließt,
weiß nicht mehr, was die Sonne ist,
und ersinnt überhitztes Zeug.
Aber schlägt er die Augen auf und erblickt die Sonne,
so kann er an gar nichts mehr denken,
denn das Sonnenlicht ist mehr wert als alle Gedanken
aller Dichter und Denker.
Der Sonnenschein weiß ja nicht, was er tut,
und deshalb irrt er nicht, ist für alle da und ist gut.

Metaphysik? Welche Metaphysik haben die Bäume?
Grün zu sein und Wipfel und Zweige zu tragen
und Früchte zu bringen zu ihrer Zeit, und das läßt uns nicht denken,
uns, die wir nicht verstehen, auf sie zu achten.
Aber welche Metaphysik wäre besser als die der Bäume,
die nicht wissen, wozu sie leben,
nicht wissen, daß sie's nicht wissen?

«Constituição íntima das coisas»...
«Sentido íntimo do Universo»...
Tudo isto é falso, tudo isto não quer dizer nada.
É incrível que se possa pensar em coisas dessas.
É como pensar em razões e fins
Quando o começo da manhã está raiando, e pelos lados das árvores
Um vago ouro lustroso vai perdendo a escuridão.

Pensar no sentido íntimo das coisas
É acrescentado, como pensar na saúde
Ou levar um copo à água das fontes.
O único sentido íntimo das coisas
É elas não terem sentido íntimo nenhum.

Não acredito em Deus porque nunca o vi.
Se ele quisesse que eu acreditasse nele,
Sem dúvida que viria falar comigo
E entraria pela minha porta dentro
Dizendo-me, *Aqui estou!*

(Isto é talvez ridículo aos ouvidos
De quem, por não saber o que é olhar para as coisas,
Não compreende quem fala delas
Com o modo de falar que reparar para elas ensina).

Mas se Deus é as flores e as árvores
E os montes e sol e o luar,
Então acredito nele,
Então acredito nele a toda a hora,
E a minha vida é toda uma oração e uma missa,
E uma comunhão com os olhos e pelos ouvidos.

»Innres Gefüge der Dinge«,
»Innerer Sinn des Weltalls«.
Dies alles ist falsch, dies alles sagt gar nichts.
Wie kann man nur an dergleichen denken!
Es ist so, als ob man an Zwecke und Gründe dächte,
wenn der Morgen durchbricht und neben den Bäumen
schwebendes Gold die Dunkelheit aufhebt.

Über den inneren Sinn der Dinge zu grübeln
ist so müßig wie an die Gesundheit denken
oder ein Glas zum Quellwasser tragen.
Der einzige innere Sinn der Dinge
ist, daß sie keinen inneren Sinn besitzen.

Ich glaub' nicht an Gott, weil ich ihn niemals gesehen habe.
Wollte er, daß ich glaubte an ihn,
würd' er gewiß mit mir reden kommen,
in meine Tür eintreten
und sagen: Hier bin ich!

(Das klingt vielleicht lächerlich für die Ohren
jemandes, der nicht weiß, was die Dinge anschauen heißt,
und deshalb nicht begreift, wenn einer auf eine Weise
von ihnen spricht, die ihr Anblick lehrt.)

Aber wenn Gott Blumen und Bäume ist
und Berge und Sonne und Mondschein,
dann glaub' ich an ihn,
dann glaub' ich an ihn zu jeder Stunde!
Und mein Leben ist nur ein einziges Gebet, eine einzige Messe,
Kommunion mit Augen und Ohren.

Mas se Deus é as árvores e as flores
E os montes e o luar e o sol,
Para que lhe chamo eu Deus?
Chamo-lhe flores e árvores e montes e sol e luar;
Porque, se ele se fez, para eu o ver,
Sol e luar e flores e árvores e montes,
Se ele me aparece como sendo árvores e montes
E luar e sol e flores,
É que ele quer que eu o conheça
Como árvores e montes e flores e luar e sol.

E por isso eu obedeço-lhe,
(Que mais sei eu de Deus que Deus de si próprio?),
Obedeço-lhe a viver, espontâneamente,
Como quem abre os olhos e vê,
E chamo-lhe luar e sol e flores e árvores e montes,
E amo-o sem pensar nele,
E penso-o vendo e ouvindo,
E ando com ele a toda a hora.

VI

Pensar em Deus é desobedecer a Deus,
Porque Deus quis que o não conhecêssemos,
Por isso se nos não mostrou...

Sejamos simples e calmos,
Como os regatos e as árvores,
E Deus amar-nos-á fazendo de nós
Belos como as árvores e os regatos,
E dar-nos-á verdor na sua primavera,
E um rio aonde ir ter quando acabemos!...

Aber wenn Gott die Bäume und Blumen ist
und Berge und Mondschein und Sonne,
warum nenn' ich ihn Gott?
Ich nenne ihn Blumen und Bäume und Berge und Sonne und
Mondschein;
denn wenn er, damit ich ihn sähe,
Sonne und Mondschein und Blumen und Bäume und Berge wurde,
mir als Bäume und Berge erscheint
und Mondschein und Sonne und Blumen,
so will er, daß ich
als Bäume und Berge und Blumen und Mondschein und Sonne
ihn kennen soll.

Und darum gehorche ich ihm
(was weiß ich mehr von Gott als Gott von sich selber?),
gehorche ihm durch ein ursprüngliches Leben,
wie einer die Augen aufschlägt und sieht,
und nenne ihn Mondschein und Sonne und Blumen und Bäume
und Berge,
und liebe ihn, ohne an ihn zu denken,
und denk' ihn im Sehen und Hören
und gehe immerfort mit ihm um.

VI

An Gott zu denken, heißt ihm ungehorsam sein,
denn Gott hat nicht gewollt, daß wir ihn kennen,
deshalb hat er sich uns nicht zeigen wollen.

Seien wir still und einfach
wie Bäche und Bäume,
dann liebt uns Gott und macht uns
so schön wie Bäume und Bäche
und schenkt uns Grün in ihrem Frühling
und einen Fluß, in den wir münden, wenn wir enden . . .

VII

Da minha aldeia vejo quanto da terra se pode ver do Universo...
Por isso a minha aldeia é tão grande como outra terra qualquer,
Porque eu sou do tamanho do que vejo
E não do tamanho da minha altura...

Nas cidades a vida é mais pequena
Que aqui na minha casa no cimo deste outeiro.
Na cidade as grandes casas fecham a vista à chave,
Escondem o horizonte, empurram o nosso olhar para longe de todo o céu,
Tornam-nos pequenos porque nos tiram o que os nossos olhos nos podem dar,
E tornam-nos pobres porque a nossa única riqueza é ver.

VIII

Num meio-dia de fim de Primavera
Tive um sonho como uma fotografia.
Vi Jesus Cristo descer à terra.
Veio pela encosta de um monte
Tornado outra vez menino
A correr e a rolar-se pela erva
E a arrancar flores para as deitar fora
E a rir de modo a ouvir-se de longe.

Tinha fugido do céu.
Era nosso demais para fingir
De segunda pessoa da Trindade.
No céu era tudo falso, tudo em desacordo
Com flores e árvores e pedras.
No céu tinha que estar sempre sério
E de vez em quando de se tornar outra vez homem
E subir para a cruz, e estar sempre a morrer
Com uma coroa toda à roda de espinhos
E os pés espetados por um prego com cabeça,
E até com um trapo à roda da cintura
Como os pretos nas ilustrações.

VII

Von meinem Dorf aus seh' ich, was man auf Erden vom Weltall
sehen kann . . .
Darum ist mein Dorf auch so groß wie irgendein anderes Land,
weil ich so groß bin wie das, was ich sehe,
nicht so groß, wie ich bin.

In den Städten ist das Leben kleiner
als hier in meinem Haus auf dem Gipfel des Hügels.
In der Stadt verschließen die großen Häuser die Aussicht,
verdecken den Horizont, stoßen den Blick weit fort vom Himmel,
machen uns klein, indem sie uns nehmen, was unsere Augen uns
geben können,
und machen uns arm; denn unser einziger Reichtum ist Sehen.

VIII

An einem Mittag des schwindenden Frühjahrs
hatte ich einen Traum so deutlich wie eine Photographie.
Ich sah Jesus Christus zur Erde niedersteigen.
Er kam den Hang eines Berges herunter,
wieder zum Kind geworden,
lief und rollte durchs Gras
und riß Blumen aus, um sie fortzuwerfen,
und lachte, daß man es schon von weitem hörte.

Er war aus dem Himmel geflüchtet.
Er war zu sehr unser, um sich
als zweite Person der Dreifaltigkeit auszugeben.
Im Himmel war alles falsch, stand alles in Mißklang
zu Blumen und Bäumen und Steinen.
Im Himmel war er gezwungen, immer ernsthaft zu bleiben,
und immer aufs neue wurde er Mensch
und kam ans Kreuz und starb
mit einer Dornenkrone
und nägeldurchbohrten Füßen
und einem Tuch um die Hüften
wie die Wilden in Bilderbüchern.

Nem sequer o deixavam ter pai e mãe
Como as outras crianças.
O seu pai era duas pessoas –
Um velho chamado José, que era carpinteiro,
E que não era pai dele;
E o outro pai era uma pomba estúpida,
A única pomba feia do mundo
Porque não era do mundo nem era pomba.
E a sua mãe não tinha amado antes de o ter.
Não era mulher: era uma mala
Em que ele tinha vindo do céu.
E queriam que ele, que só nascera da mãe,
E nunca tivera pai para amar com respeito,
Pregasse a bondade e a justiça!

Um dia que Deus estava a dormir
E o Espírito Santo andava a voar,
Ele foi à caixa dos milagres e roubou três.
Com o primeiro fez que ninguém soubesse que ele tinha fugido.
Com o segundo criou-se eternamente humano e menino.
Com o terceiro criou um Cristo eternamente na cruz
E deixou-o pregado na cruz que há no céu
E serve de modelo às outras.
Depois fugiu para o sol
E desceu pelo primeiro raio que apanhou.
Hoje vive na minha aldeia comigo.
É uma criança bonita de riso e natural.
Limpa o nariz ao braço direito,
Chapinha nas poças de água,
Colhe as flores e gosta delas e esquece-as.
Atira pedras aos burros,
Rouba a fruta dos pomares
E foge a chorar e a gritar dos cães.
E, porque sabe que elas não gostam
E que toda a gente acha graça,
Corre atrás das raparigas
Que vão em ranchos pelas estradas
Com as bilhas às cabeças
E levanta-lhes as saias.

Nicht einmal Vater und Mutter durfte er haben
wie andere Kinder.
Zwei Personen waren sein Vater –
ein Alter mit Namen Joseph, ein Zimmermann,
und der war nicht sein Vater;
und der andere Vater war eine törichte Taube,
die einzige häßliche Taube der Welt,
denn sie war weder irdisch noch Taube.
Und seine Mutter hatte, ehe sie ihn gebar, nicht geliebt.
Doch es war keine Frau: es war ein Koffer,
in dem er vom Himmel kam.
Und er, der nur eine Mutter,
doch nie einen Vater gehabt hatte, um ihn mit Ehrfurcht zu lieben,
sollte Güte und sollte Gerechtigkeit predigen!

Eines Tages, als Gott gerade schlief
und der Heilige Geist umherflog,
lief er zur Wundertruhe und stahl sich drei.
Mit dem ersten bewirkte er, daß niemand von seiner Flucht erfuhr –
mit dem zweiten schuf er sich ewiges Menschentum und wurde zum Kind.
Mit dem dritten erschuf er einen ewig gekreuzigten Christus
und ließ ihn am Kreuz hängen, das oben im Himmel steht
und für die anderen Kreuze das Vorbild ist.
Dann flüchtete er zur Sonne
und stieg an dem ersten Strahl, den er fassen konnte, hernieder.
Heute lebt er bei mir in meinem Dorfe.
Er ist ein reizend lachendes, ganz natürliches Kind.
Er putzt sich die Nase mit dem rechten Arm,
panscht in den Wasserpfützen,
pflückt Blumen und freut sich daran und vergißt sie.
Er wirft mit Steinen nach den Eseln,
stiehlt Obst aus den Gärten
und läuft vor den Hunden schreiend und heulend davon.
Und weil er weiß, sie mögen das nicht,
aber alle Leute finden es spaßig,
läuft er den Mädchen nach,
die, den Krug auf dem Kopfe,
in Gruppen über die Straße ziehn,
und hebt ihre Röcke hoch.

A mim ensinou-me tudo.
Ensinou-me a olhar para as coisas.
Aponta-me todas as coisas que há nas flores.
Mostra-me como as pedras são engraçadas
Quando a gente as tem na mão
E olha devagar para elas.

Diz-me muito mal de Deus.
Diz que ele é um velho estúpido e doente,
Sempre a escarrar no chão
E a dizer indecências.
A Virgem Maria leva as tardes da eternidade a fazer meia.

E o Espírito Santo coça-se com o bico
E empoleira-se nas cadeiras e suja-as.
Tudo no céu é estúpido como a Igreja Católica.
Diz-me que Deus não percebe nada
Das coisas que criou –
«Se é que ele as criou, do que duvido» –.
«Ele diz, por exemplo, que os seres cantam a sua glória,
Mas os seres não cantam nada.
Se cantassem seriam cantores.
Os seres existem e mais nada,
E por isso se chamam seres.»
E depois, cansado de dizer mal de Deus,
O Menino Jesus adormece nos meus braços
E eu levo-o ao colo para casa.

. . . .

Ele mora comigo na minha casa a meio do outeiro.
Ele é a Eterna Criança, o deus que faltava.
Ele é o humano que é natural,
Ele é o divino que sorri e que brinca.
E por isso é que eu sei com toda a certeza
Que ele é o Menino Jesus verdadeiro.

Mich hat er alles gelehrt.
Er hat mich gelehrt, auf die Dinge zu schauen.
Er zeigt mir die Blumen mit allen Einzelheiten.
Er zeigt mir, wie kostbar die Steine sind,
wenn wir sie in den Händen halten
und geduldig betrachten.

Von Gott spricht er schlecht.
Er sagt, es sei ein kranker, törichter Alter,
der immerfort auf den Boden speie
und zotige Reden führe.
Die Jungfrau Maria verbringt ihre Ewigkeitsabende Strümpfe strickend.

Die Heilige Taube putzt sich mit dem Schnabel,
plustert sich auf den Sesseln auf und beschmutzt sie.
Alles im Himmel ist töricht wie die katholische Kirche.
Er sagt, Gott verstehe nichts
von den Dingen, die er geschaffen habe —
»Wenn er sie überhaupt schuf, was ich bezweifle« —.
»Er behauptet zum Beispiel, daß alle Wesen sein Preislied singen,
aber die Wesen besingen nichts.
Sängen sie, wären es Sänger.
Die Wesen sind da und nichts weiter,
und darum heißen sie Wesen.«
Und danach, ermüdet vom Gotteslästern,
schlummert das Jesuskind auf meinen Armen ein,
und ich trag' es an meinem Halse nach Hause.

. . . .

Es wohnt bei mir in meinem Hause auf der halben Höhe des Hügels.
Es ist das Ewige Kind, der Gott, der uns fehlte.
Er ist das Menschliche, das natürlich ist,
er ist das Göttliche, das da lächelt und spielt.
Und darum weiß ich mit aller Gewißheit,
daß er das wahre Jesuskind ist.

E a criança tão humana que é divina
É esta minha quotidiana vida de poeta,
E é porque ele anda sempre comigo que eu sou poeta sempre.
E que o meu mínimo olhar
Me enche de sensação,
E o mais pequeno som, seja do que for,
Parece falar comigo.

A Criança Nova que habita onde vivo
Dá-me uma mão a mim
E a outra a tudo que existe
E assim vamos os três pelo caminho que houver,
Saltando e cantando e rindo
E gozando o nosso segredo comum
Que é o de saber por toda a parte
Que não há mistério no mundo
E que tudo vale a pena.

A Criança Eterna acompanha-me sempre.
A direcção do meu olhar é o seu dedo apontando.
O meu ouvido atento alegremente a todos os sons
São as côcegas que ele me faz, brincando, nas orelhas.

Damo-nos tão bem um com o outro
Na companhia de tudo
Que nunca pensamos um no outro,
Mas vivemos juntos e dois
Com um acordo íntimo
Como a mão direita e a esquerda.

Ao anoitecer brincamos as cinco pedrinhas
No degrau da porta de casa,
Graves como convém a um deus e a um poeta,
E como se cada pedra
Fosse todo um universo
E fosse por isso um grande perigo para ela
Deixá-la cair no chão.

Das so menschliche Kind, das göttlich ist,
ist dies mein tägliches Dichterleben,
und weil es mich allzeit begleitet, bin ich auch allzeit Dichter,
und mein geringster Augenaufschlag
schenkt mir Empfindungen,
und der geringste Laut, woher er auch komme,
scheint sich mit mir zu besprechen.

Das Neue Kind, das dort wohnt, wo ich lebe,
reicht die eine Hand mir
und die andere allem, was da ist,
und so schreiten wir drei über Weg und Steg,
springen und singen und lachen
und genießen unser gemeinsames Geheimnis;
das lautet, allüberall zu wissen:
es gibt kein Geheimnis auf Erden
und alles ist seine Mühe wert.

Das Ewige Kind ist mein steter Begleiter.
Mein Sehen folgt seinem lenkenden Finger.
Mein Gehör, das heiter auf alle Laute achtgibt,
ist der Kitzel, wenn es mich spielerisch an den Ohren zupft.

So gut verstehen wir einer den anderen
in der Gemeinsamkeit aller Dinge,
daß wir nie aneinander denken,
doch wir leben vereint und zu zweit
in innerem Einverständnis
wie die rechte Hand und die linke.

Bei Anbruch der Dämmerung spielen wir
auf der Schwelle der Haustür Dame,
ernsthaft, wie es sich ziemt für Gott und Dichter,
als ob jedes Steinchen ein ganzes Weltall
und darum, es fallen zu lassen,
gefährlich wäre.

Depois eu conto-lhe histórias das coisas só dos homens
E ele sorri, porque tudo é incrível.
Ri dos reis e dos que não são reis,
E tem pena de ouvir falar das guerras,
E dos comércios, e dos navios
Que ficam fumo no ar dos altos mares.
Porque ele sabe que tudo isso falta àquela verdade
Que uma flor tem ao florescer
E que anda com a luz do sol
A variar os montes e os vales
E a fazer doer aos olhos os muros caiados.

Depois ele adormece e eu deito-o.
Levo-o ao colo para dentro de casa
E deito-o, despindo-o lentamente
E como seguindo um ritual muito limpo
E todo materno até ele estar nu.

Ele dorme dentro da minha alma
E às vezes acorda de noite
E brinca com os meus sonhos.
Vira uns de pernas para o ar,
Põe uns em cima dos outros
E bate as palmas sozinho
Sorrindo para o meu sono.

. . . .

Quando eu morrer, filhinho,
Seja eu a criança, o mais pequeno.
Pega-me tu ao colo
E leva-me para dentro da tua casa.
Despe o meu ser cansado e humano
E deita-me na tua cama.
E conta-me histórias, caso eu acorde,
Para eu tornar a adormecer.
E dá-me sonhos teus para eu brincar
Até que nasça qualquer dia
Que tu sabes qual é.

. . . .

Dann erzähle ich ihm Geschichten nur von uns Menschen,
und er lächelt, weil alles unglaublich klingt.
Er verlacht die Könige und die Nichtkönige,
und es schmerzt ihn, von Kriegen reden zu hören,
von Handelsgeschäften und Schiffen,
die auf hoher See nur Rauch in der Luft sind.
Denn er weiß, daß dies alles die Wahrheit verfehlt,
die eine Blume beim Blühen besitzt,
die mit dem Sonnenlicht
Berge und Täler verwandelt
und die Augen blendet beim Anblick gekalkter Mauern.

Dann schlummert er ein, und ich bring' ihn zu Bett.
Ich trag' ihn ins Haus hinein
und lege ihn nieder und ziehe ihn langsam aus,
als ob ich das reinliche Ritual
einer Mutter vollzöge, bis er nackt ist.

Er schlummert in meiner Seele;
zuweilen erwacht er nachts
und spielt mit meinen Träumen.
Einige läßt er rücklings zappeln,
andere legt er übereinander
und klatscht in die Hände
und lächelt in meinen Schlaf hinein.

. . . .

Wenn ich sterben muß, liebes Söhnchen,
will ich das Kind und der Kleinste sein.
Nimm du mich dann auf den Arm
und trag mich hinein in dein Haus.
Zieh mir das müde, menschliche Wesen aus
und leg mich hinein in dein Bett.
Und falls ich erwache, erzähl mir Geschichten,
damit ich wieder in Schlummer falle.
Leih deine Träume mir, damit ich spielen kann,
bis ich dann eines Tages, du weißt an welchem,
geboren werde.

. . . .

Esta é a história do meu Menino Jesus.
Por que razão que se perceba
Não há-de ser ela mais verdadeira
Que tudo quanto os filósofos pensam
E tudo quanto as religiões ensinam?

IX

Sou um guardador de rebanhos.
O rebanho é os meus pensamentos
E os meus pensamentos são todos sensações.
Penso com os olhos e com os ouvidos
E com as mãos e os pés
E com o nariz e a boca.

Pensar uma flor é vê-la e cheirá-la
E comer um fruto é saber-lhe o sentido.

Por isso quando num dia de calor
Me sinto triste de gozá-lo tanto,
E me deito ao comprido na erva,
E fecho os olhos quentes,
Sinto todo o meu corpo deitado na realidade,
Sei a verdade e sou feliz.

X

«Olá, guardador de rebanhos,
Aí à beira da estrada,
Que te diz o vento que passa?»

«Que é vento, e que passa,
E que já passou antes,
E que passará depois.
E a ti o que te diz?»

Dies ist die Geschichte von meinem Jesuskind.
Aus welchem triftigen Grunde
sollte sie nicht wahrer sein
als alles, was Religionen lehren
und Philosophen ergrübeln?

IX

Ich bin ein Hirte.
Die Herde sind meine Gedanken
und meine Gedanken allesamt Sinnesempfindungen.
Ich denke mit Augen und Ohren
und Händen und Füßen
und Nase und Mund.

An eine Blume denken heißt, sie sehen und riechen,
und eine Frucht verzehren heißt, ihren Sinn erfassen.

Wenn ich daher an einem heißen Tage,
den ich so sehr genieße, mich traurig fühle,
mich der Länge nach auf den Rasen lege
und die erhitzten Augen schließe,
spüre ich meinen ganzen Körper,
kenne die Wahrheit und bin beglückt.

X

»Heda, du Hüter der Herden,
dort am Rande der Straße,
was sagt dir der wehende Wind?«

»Daß er Wind ist und daß er vorüberweht,
daß er schon vordem wehte
und daß er auch künftig wehen wird.
Und was sagt er dir?«

«Muita coisa mais do que isso,
Fala-me de muitas outras coisas.
De memórias e de saudades
E de coisas que nunca foram.»

«Nunca ouviste passar o vento.
O vento só fala do vento.
O que lhe ouviste foi mentira,
E a mentira está em ti.«

XI

Aquela senhora tem um piano
Que é agradável mas não é o correr dos rios
Nem o murmúrio que as árvores fazem...

Para que é preciso ter um piano?
O melhor é ter ouvidos
E amar a Natureza.

XII

Os pastores de Virgílio tocavam avenas e outras coisas
E cantavam de amor literariamente.
(Depois — eu nunca li Virgílio.
Para que o havia eu de ler?)

Mas os pastores de Virgílio, coitados, são Virgílio,
E a Natureza é bela e antiga.

»Vieles andere mehr. Er
spricht mir von vielen anderen Dingen.
Von Erinnerungen und Sehnsucht
und Dingen, die nie gewesen sind.«

»Du hast noch nie das Wehen des Windes vernommen.
Der Wind erzählt nur vom Winde.
Was du ihn sagen hörtest, war Lüge,
und diese Lüge, sie steckt in dir.«

XI

Die Dame dort hat ein Klavier.
Es klingt angenehm, aber nicht wie das Strömen der Flüsse
oder das Säuseln der Bäume . . .

Wozu sollte man ein Klavier besitzen?
Das beste ist, hören zu können
und die Natur zu lieben.

XII

Die Hirten Vergils bliesen Flöten und andere Instrumente
und sangen literarisch von Liebe.
(Außerdem – hab' ich Vergil nie gelesen.
Weshalb sollte ich ihn auch lesen?)

Die Hirten Vergils, die ärmsten, sind nur Vergil,
und die Natur ist schön und uralt.

XIII

Leve, leve, muito leve,
Um vento muito leve passa,
E vai-se, sempre muito leve.
E eu não sei o que penso
Nem procuro sabê-lo.

XIV

Não me importo com as rimas. Raras vezes
Há duas árvores iguais, uma ao lado da outra.
Penso e escrevo como as flores têm cor
Mas com menos perfeição no meu modo de exprimir-me
Porque me falta a simplicidade divina
De ser todo só o meu exterior

Olho e comovo-me,
Comovo-me como a água corre quando o chão é inclinado,
E a minha poesia é natural como o levantar-se o vento...

XV

As quatro canções que seguem
Separam-se de tudo o que eu penso,
Mentem a tudo o que eu sinto,
São do contrário do que eu sou...

Escrevi-as estando doente
E por isso elas são naturais
E concordam com aquilo que sinto,
Concordam com aquilo com que não concordam...

XIII

Sachte, sachte, sachte
zieht ein sachter Wind vorüber
und verschwindet sacht.
Und ich weiß nicht, was ich denke,
und ich will es auch nicht wissen.

XIV

Ich kümmre mich nicht um die Reime. Selten
stehen zwei gleiche Bäume nebeneinander.
Ich denke und schreibe, wie die Blumen bunt sind,
doch mein Ausdruck ist minder vollkommen,
weil mir die göttliche Einfalt fehlt,
ganz und gar äußerlich nur zu sein.

Ich schaue und lass' mich ergreifen,
lass' mich ergreifen wie Wasser fließt, wenn der Boden geneigt ist,
und meine Dichtung ist so natürlich wie der beginnende Wind . . .

XV

Die vier folgenden Lieder
sind anders als alles, was ich sonst denke,
verleugnen alles, was ich sonst fühle,
sind das Gegenteil meiner selbst . . .

Ich schrieb sie, als ich erkrankt war,
und darum sind sie natürlich
und stimmen mit dem überein, was ich fühle,
stimmen mit dem überein, womit sie nicht übereinstimmen . . .

Estando doente devo pensar o contrário
Do que penso quando estou são,
(Senão não estaria doente),
Devo sentir o contrário do que sinto
Quando sou eu na saúde,
Devo mentir à minha natureza
De criatura que sente de certa maneira...
Devo ser todo doente — ideias e tudo.
Quando estou doente, não estou doente para outra coisa.

Por isso essas canções que me renegam
Não são capazes de me renegar
E são a paisagem da minha alma de noite,
A mesma ao contrário...

XVI

Quem me dera que a minha vida fosse um carro de bois
Que vem a chiar, manhãzinha cedo, pela estrada.
E que para de onde veio volta depois
Quase à noitinha pela mesma estrada.

Eu não tinha que ter esperanças — tinha só que ter rodas...
A minha velhice não tinha rugas nem cabelo branco...
Quando eu já não servia, tiravam-me as rodas
E eu ficava virado e partido no fundo de um barranco.

XVII

No meu prato que mistura de Natureza!
As minhas irmãs as plantas,
As companheiras das fontes, as santas
A quem ninguém reza...

Wenn ich erkrankt bin, muß ich das Gegenteil
denken von dem, was ich denke, wenn ich gesund bin
(sonst wäre ich gar nicht krank),
muß ich das Gegenteil fühlen von dem, was ich fühle,
wenn ich gesund bin,
muß ich mein Wesen
als ein Geschöpf, das auf bestimmte Weise fühlt, verleugnen . . .
Ich muß ganz und gar krank sein – in Gedanken und allem übrigen.
Wenn ich krank bin, bin ich aus diesem Grunde krank.

Deshalb sind diese Lieder, die mich verleugnen,
nicht fähig, mich zu verleugnen,
und sind die Landschaft meiner umnachteten Seele,
verkehrt in ihr Gegenteil . . .

XVI

Ich wollte, mein Leben wäre ein Ochsenkarren,
der früh am Morgen quietschend die Straße entlangkommt
und später, woher er kam, auf der gleichen Straße
fast schon im Dunkeln heimkehrt.

Ich brauchte dann nichts zu hoffen, ich brauchte nur Räder.
Mein Alter kennte nicht Runzeln noch weißes Haar . . .
Wenn ich zu gar nichts mehr taugte, nähme man mir die Räder
und ich läge umgestürzt und zerschellt auf dem Grund einer Schlucht.

XVII

Welch vermischte Natur auf meinem Teller!
Meine Schwestern, die Pflanzen,
Begleiterinnen der Quellen, die Heiligen,
zu denen niemand betet . . .

E cortam-se e vêm à nossa mesa
E nos hotéis os hóspedes ruidosos,
Que chegam com correias tendo mantas
Pedem «Salada», descuidosos... ,
Sem pensar que exigem à Terra-Mãe
A sua frescura e os seus filhos primeiros,
As primeiras verdes palavras que ela tem,
As primeiras coisas vivas e irisantes
Que Noé viu
Quando as águas desceram e o cimo dos montes
Verde e alagado surgiu
E no ar por onde a pomba apareceu
O arco-íris se esbateu...

XVIII

Quem me dera que eu fosse o pó da estrada
E que os pés dos pobres me estivessem pisando...

Quem me dera que eu fosse os rios que correm
E que as lavadeiras estivessem à minha beira...

Quem me dera que eu fosse os choupos à margem do rio
E tivesse só o céu por cima e a água por baixo...

Quem me dera que eu fosse o burro do moleiro
E que ele me batesse e me estimasse...

Antes isso que ser o que atravessa a vida
Olhando para trás de si e tendo pena...

Man schneidet sie ab und sie kommen auf unseren Tisch,
und die geräuschvollen Gäste in den Hotels,
die mit verschnallten Decken anlangen,
verlangen achtlos »Salat« . . .
ohne zu denken, daß sie der Mutter Erde
ihre Frische und ihre ersten Kinder abfordern,
die ersten grünen Worte, die sie besitzt,
die ersten lebendigen, schillernden Dinge,
die Noah erblickte,
als die Gewässer fielen und der Gipfel der Berge
überflutet und grün emporstieg
und, wo die Taube erschien, im Äther
der Regenbogen emporwuchs.

XVIII

Ich wollte, ich wäre der Staub der Straße
und die Füße der Armen stampften auf mir herum . . .

Ich wollte, ich wäre die strömenden Flüsse
und die Wäscherinnen stünden an meinem Ufer . . .

Ich wollte, ich wäre die Weiden am Ufer des Flusses
und hätte nur über mir Himmel und unter mir Wasser . . .

Ich wollte, ich wäre der Esel des Müllers
und er schlüge mich und könne mich nicht entbehren . . .

Lieber das alles als jemand sein, der durchs Leben geht,
hinter sich blickt und Gewes'nes bedauert.

XIX

O luar quando bate na relva
Não sei que coisa me lembra...
Lembra-me a voz da criada velha
Contando-me contos de fadas.
E de como Nossa Senhora vestida de mendiga
Andava à noite nas estradas
Socorrendo as crianças maltratadas...

Se eu já não posso crer que isso é verdade
Para que bate o luar na relva?

XX

O Tejo é mais belo que o rio que corre pela minha aldeia,
Mas o Tejo não é mais belo que o rio que corre pela minha aldeia
Porque o Tejo não é o rio que corre pela minha aldeia.

O Tejo tem grandes navios
E navega nele ainda,
Para aqueles que vêem em tudo o que lá não está,
A memória das naus.

O Tejo desce de Espanha
E o Tejo entra no mar em Portugal.
Toda a gente sabe isso.
Mas poucos sabem qual é o rio da minha aldeia
E para onde ele vai
E donde ele vem.
E por isso, porque pertence a menos gente,
É mais livre e maior o rio da minha aldeia.

Pelo Tejo vai-se para o Mundo.
Para além do Tejo há a América
E a fortuna daqueles que a encontram.
Ninguém nunca pensou no que há para além
De rio da minha aldeia.

XIX

Wenn das Mondlicht auf den Rasen fällt,
erinnert es mich an ich weiß nicht was . . .
Es erinnert mich an die Stimme der alten Dienstmagd,
die mir Märchen erzählte.
Und wie die Jungfrau Maria, verkleidet als Bettlerin,
nächtlich über die Straßen ging
und den mißhandelten Kindern beistand . . .

Wenn ich doch nicht mehr glauben kann, daß dies wahr sei,
warum fällt dann das Mondlicht auf den Rasen?

XX

Der Tejo ist schöner als der Fluß meines Dorfes,
aber der Tejo ist dennoch nicht schöner als der Fluß meines Dorfes,
weil der Tejo nicht der Fluß meines Dorfes ist.

Der Tejo trägt große Schiffe
und es schwimmt auf ihm heute noch
für jene, die überall sehen, was nicht vorhanden ist,
Erinnerung an die Karavellen.

Der Tejo entspringt in Spanien
und mündet ins Meer in Portugal.
Das wissen alle.
Aber wenige wissen, welcher Fluß durch mein Dorf fließt
und wohin er fließt
und woher er kommt.
Und deshalb, weil er weniger Leuten gehört,
ist der Fluß meines Dorfes freier und größer.

Über den Tejo geht es hinaus in die Welt.
Jenseits des Tejos liegt Amerika
und das Vermögen der Leute, die es dort finden.
Niemand hat jemals nachgedacht, was wohl
jenseits des Flusses von meinem Dorfe liegt.

O rio da minha aldeia não faz pensar em nada.
Quem está ao pé dele está só ao pé dele.

XXI

Se eu pudesse trincar a terra toda
E sentir-lhe um paladar,
Seria mais feliz um momento...
Mas eu nem sempre quero ser feliz.
É preciso ser de vez em quando infeliz
Para se poder ser natural...

Nem tudo é dias de sol,
E a chuva, quando falta muito, pede-se.
Por isso tomo a infelicidade com a felicidade
Naturalmente, como quem não estranha
Que haja montanhas e planícies
E que haja rochedos e erva...

O que é preciso é ser-se natural e calmo
Na felicidade ou na infelicidade,
Sentir como quem olha,
Pensar como quem anda,
E quando se vai morrer, lembrar-se de que o dia morre,
E que o poente é belo e é bela a noite que fica...
Assim é e assim seja...

XXII

Como quem num dia de Verão abre a porta de casa
E espreita para o calor dos campos com a cara toda,
Às vezes, de repente, bate-me a Natureza de chapa
Na cara dos meus sentidos,
E eu fico confuso, perturbado, querendo perceber
Não sei bem como nem o quê...

Der Fluß meines Dorfes läßt an nichts denken.
Steht man an seinem Ufer, so steht man einzig an seinem Ufer.

XXI

Wenn ich die ganze Erde anbeißen
und ihren Geschmack kosten könnte,
wäre ich einen Augenblick glücklicher . . .
Aber ich will gar nicht immerzu glücklich sein.
Dann und wann muß man unglücklich sein,
damit man natürlich sein kann . . .

Nicht alles sind Sonnentage,
und den Regen, wenn er zu lange ausbleibt, sehnt man herbei.
Darum nehme ich Unglück und Glück so natürlich hin,
wie jemand hinnimmt,
daß Berge und Ebenen da sind
und Felsen und Gras . . .

Wir sollen still und natürlich sein
im Unglück oder im Glück,
fühlen wie Sehende,
denken wie Wanderer,
und wenn es zum Sterben geht, uns erinnern, daß auch der Tag stirbt
und daß das Abendrot schön ist und schön die verweilende Nacht . . .
So ist es, so sei es . . .

XXII

Wie jemand am Sommertage die Haustür aufstößt
und mit dem ganzen Gesicht in die Hitze der Felder hinausspäht,
trifft die Natur zuweilen und unversehens
meine Sinne
und ich möchte, verwirrt und verstört, begreifen
weiß nicht wie, weiß nicht was . . .

Mas quem me mandou a mim querer perceber?
Quem me disse que havia que perceber?

Quando o Verão me passa pela cara
A mão leve e quente da sua brisa,
Só tenho que sentir agrado porque é brisa
Ou que sentir desagrado porque é quente,
E de qualquer maneira que eu o sinta,
Assim, porque assim o sinto, é que é meu dever senti-lo...

XXIII

O meu olhar azul como o céu
É calmo como a água ao sol.
É assim, azul e calmo,
Porque não interroga nem se espanta...

Se eu interrogasse e me espantasse
Não nasciam flores novas nos prados
Nem mudaria qualquer coisa no sol de modo a ele ficar
mais belo...
(Mesmo se nascessem flores novas no prado
E se o sol mudasse para mais belo,
Eu sentiria menos flores no prado
E achava mais feio o sol...
Porque tudo é como é e assim é que é,
E eu aceito, e nem agradeço,
Para não parecer que penso nisso...).

XXIV

O que nós vemos das coisas são as coisas.
Porque veríamos nós uma coisa se houvesse outra?
Porque é que ver e ouvir seria iludirmo-nos
Se ver e ouvir são ver e ouvir?

Aber wer hieß mich begreifen wollen?
Wer sagte mir, daß ich begreifen müßte?

Wenn der Sommer mir mit der leichten und heißen Hand
seiner Brise übers Gesicht fährt,
soll ich nur Wohlgefallen spüren, weil er Brise ist,
oder Mißfallen, weil er heiß ist,
und wie auch immer ich ihn empfinde,
so, weil ich so ihn empfinde, ist mir's geboten, ihn zu empfinden . . .

XXIII

Mein Blick, so blau wie der Himmel,
ist still wie durchsonntes Wasser.
So ist er, so blau und so still,
weil er nicht fragt und nicht schaudert . . .

Würde ich fragen und schaudern,
so sprössen nicht neue Blumen auf den Wiesen,
könnte die Sonne sich nicht verändern und so noch schöner
werden . . .
(Selbst wenn auf der Wiese neue Blumen sprössen
und die Sonne noch schöner würde,
würde ich weniger Blumen fühlen
und die Sonne häßlicher finden . . .
Denn alles ist so, wie es ist, und so ist es,
und ich nehme es hin und sage nicht einmal: danke,
damit es nicht scheint, daß ich daran denke . . .)

XXIV

Was wir wahrnehmen von den Dingen, sind nur die Dinge.
Warum sollten wir ein Ding sehen, wenn noch ein andres vorhanden wäre?
Warum sollten uns Sehen und Hören täuschen,
wenn Sehen und Hören Sehen und Hören sind?

O essencial é saber ver,
Saber ver sem estar a pensar,
Saber ver quando se vê,
E nem pensar quando se vê,
Nem ver quando se pensa.

Mas isso (triste de nós que trazemos a alma vestida!),
Isso exige um estudo profundo,
Uma aprendizagem de desaprender
E uma sequestração na liberdade daquele convento
De que os poetas dizem que as estrelas são as freiras eternas
E as flores as penitentes convictas de um só dia,
Mas onde afinal as estrelas não são senão estrelas
Nem as flores senão flores,
Sendo por isso que lhes chamamos estrelas e flores.

XXV

As bolas de sabão que esta criança
Se entretém a largar de uma palhinha
São translucidamente uma filosofia toda.
Claras, inúteis e passageiras como a Natureza,
Amigas dos olhos como as cousas,
São aquilo que são
Com uma precisão redondinha e aérea,
E ninguém, nem mesmo a criança que as deixa
Pretende que elas são mais do que parecem ser.

Algumas mal se vêem no ar lúcido.
São como a brisa que passa e mal toca nas flores
E que só sabemos que passa
Porque qualquer cousa se aligeira em nós
E aceita tudo mais nitidamente.

13.3.1914

Wesentlich ist nur, sehen zu können,
sehen zu können, ohne dabei zu denken,
sehen zu können, wann immer man sieht,
und nicht zu denken, dann wenn man sieht,
noch auch zu sehen, dann wenn man denkt.

Das aber – wir Armen, warum trägt unsere Seele Kleider? –
das verlangt ein gründliches Studium,
eine Lehrlingszeit des Verlernens,
einen Zwangsaufenthalt in der Freiheit jenes Klosters,
von dem die Dichter behaupten, seine Sterne seien die ewigen Nonnen
und seine Blumen die überzeugten Büßerinnen nur eines Tages
und wo dennoch die Sterne nichts anderes als Sterne sind
und die Blumen nichts anderes als Blumen
und dies der Grund, weshalb wir sie Sterne und Blumen nennen.

XXV

Durch die Seifenblasen, die dieses Kind
spielend von einem Strohhalm schweben läßt,
schimmert eine ganze Philosophie.
Hell, nutzlos und vergänglich wie die Natur,
den Augen freundlich wie die Dinge,
sind sie das, was sie sind,
mit runder, luftiger Genauigkeit
und niemand, auch das Kind nicht, das sie bläst,
behauptet, sie seien mehr als sie scheinen.

Manche gewahrt man kaum in der klaren Luft.
Sie sind wie die Brise: sie streift vorbei und berührt kaum die Blumen,
und wir wissen nur, daß sie vorbeistreift,
weil etwas in uns zu schweben beginnt
und alle Dinge leuchtender hinnimmt.

XXVI

Às vezes, em dias de luz perfeita e exacta,
Em que as coisas têm toda a realidade que podem ter,
Pergunto a mim próprio devagar
Porque sequer atribuo eu
Beleza às coisas.

Uma flor acaso tem beleza?
Tem beleza acaso um fruto?
Não: têm cor e forma
E existência apenas.
A beleza é o nome de qualquer coisa que não existe
Que eu dou às coisas em troca do agrado que me dão.
Não significa nada.
Então porque digo eu das coisas: são belas?

Sim, mesmo a mim, que vivo só de viver,
Invisíveis, vêm ter comigo as mentiras dos homens
Perante as coisas,
Perante as coisas que simplesmente existem.

Que difícil ser próprio e não ver senão o visível!

11.3.1914

XXVII

Só a Natureza é divina, e ela não é divina...

Se falo dela como de um ente
É que para falar dela preciso usar da linguagem dos homens
Que dá personalidade às coisas,
E impõe nome às coisas.
Mas as coisas não têm nome nem personalidade:
Existem, e o céu é grande e a terra larga,
E o nosso coração do tamanho de um punho fechado...

XXVI

An manchen Tagen genauen, vollkommenen Lichtes,
wenn sich die Dinge zur vollen Wirklichkeit steigern, die sie
erreichen können,
frage ich mich in aller Ruhe,
warum ich den Dingen
Schönheit zuschreibe.

Ist vielleicht eine Blume schön?
Eine Frucht, ist sie schön?
Nein: sie besitzt Farbe und Form
und bloßes Dasein.
Schönheit ist nur ein Name für etwas, was es nicht gibt,
den ich den Dingen gebe im Austausch gegen das Wohlgefallen,
das sie mir bringen.
Er hat nichts zu bedeuten.
Warum sage ich dann von den Dingen, sie seien schön?

Ach, auch zu mir, der nur das Leben lebt,
kommen unsichtbar die Lügen der Menschen
über die Dinge,
über die Dinge, die einfach vorhanden sind.

Wie schwierig ist es, eigenständig zu sein und nur zu sehen, was
sichtbar ist!

XXVII

Nur die Natur ist göttlich, und sie ist nicht göttlich . . .

Wenn ich von ihr wie von einem Wesen rede,
so nur, weil ich, von ihr zu reden, die Sprache der Menschen brauche,
die den Dingen Persönlichkeit gibt
und den Dingen Namen aufzwingt.
Aber die Dinge haben nicht Namen und nicht Persönlichkeit:
sie sind einfach da, der Himmel ist groß und die Erde breit
und unser Herz hat die Größe einer geballten Faust . . .

Bendito seja eu por tudo quanto não sei.
Gozo tudo isso como quem sabe que há o sol.

XXVIII

Li hoje quase duas páginas
Do livro dum poeta místico,
E ri como quem tem chorado muito.

Os poetas místicos são filósofos doentes,
E os filósofos são homens doidos.

Porque os poetas místicos dizem que as flores sentem
E dizem que as pedras têm alma
E que os rios têm êxtases ao luar.

Mas as flores, se sentissem, não eram flores,
Eram gente;
E se as pedras tivessem alma, eram coisas vivas, não eram pedras;
E se os rios tivessem êxtases ao luar,
Os rios seriam homens doentes.

É preciso não saber o que são flores e pedras e rios
Para falar dos sentimentos deles.
Falar da alma das pedras, das flores, dos rios,
É falar de si próprio e dos seus falsos pensamentos.
Graças a Deus que as pedras são só pedras,
E que os rios não são senão rios,
E que as flores são apenas flores.

Por mim, escrevo a prosa dos meus versos
E fico contente,
Porque sei que compreendo a Natureza por fora;
E não a compreendo por dentro
Porque a Natureza não tem dentro;
Senão não era a Natureza.

Gesegnet sei ich für alles, was ich nicht weiß.
Genieß' ich doch alles wie jemand, der weiß, daß die Sonne da ist.

XXVIII

Ich las heute fast zwei Seiten
im Buch eines mystischen Dichters
und lachte wie einer, der viel geweint hat.

Die mystischen Dichter sind kranke Denker,
und die Denker sind Narren.

Denn die mystischen Dichter sagen, die Blumen fühlten
und sagen: es hätten die Steine Seelen
und die Flüsse Ekstasen im Mondschein.

Aber die Blumen, fühlten sie, wären nicht Blumen,
sie wären Menschen;
und die Steine, hätten sie Seelen, wären Wesen und nicht mehr Steine;
und hätten die Flüsse Ekstasen im Mondschein,
wären sie kranke Menschen.

Der weiß nicht, was Blumen und Steine und Flüsse sind,
der von ihren Gefühlen redet.
Von der Seele der Steine, der Blumen, der Flüsse reden,
heißt von sich selbst und seinen falschen Gedanken reden.
Gott sei Dank, daß die Steine nur Steine sind
und die Flüsse nur Flüsse
und die Blumen nichts andres als Blumen.

Ich meinerseits schreibe die Prosa meiner Verse
und werde zufrieden,
weil ich weiß, ich versteh' die Natur von außen;
und ich verstehe sie nicht von innen,
weil die Natur kein Innen kennt;
sonst wäre sie nicht die Natur.

XXIX

Nem sempre sou igual no que digo e escrevo.
Mudo, mas não mudo muito.
A cor das flores não é a mesma ao sol
De que quando uma nuvem passa
Ou quando entra a noite
E as flores são cor da sombra.

Mas quem olha bem vê que são as mesmas flores.
Por isso quando pareço não concordar comigo,
Reparem bem para mim:
Se estava virado para a direita,
Voltei-me agora para a esquerda,
Mas sou sempre eu, assente sobre os meus pés —
O mesmo sempre, graças ao céu e à terra
E aos meus olhos e ouvidos atentos
E à minha clara simplicidade de alma...

XXX

Se quiserem que eu tenha um misticismo, está bem, tenho-o.
Sou místico, mas só com o corpo.
A minha alma é simples e não pensa.

A meu misticismo é não querer saber.
É viver e não pensar nisso.

Não sei o que é a Natureza: canto-a.
Vivo no cimo dum outeiro
Numa casa caiada e sozinha,
E essa é a minha definição.

XXIX

Nicht immer bleib' ich mir gleich bei dem, was ich sage und schreibe.
Ich wandle mich, aber ich wandle mich wenig.
Die Farbe der Blumen ist nicht dieselbe im Sonnenlichte
wie wenn eine Wolke vorüberzieht
oder die Nacht hereinbricht
und die Blumen die Farbe des Schattens annehmen.

Wer jedoch genauer hinschaut, erkennt, es sind die gleichen Blumen.
Darum, wenn es so scheint, als stimmte ich nicht mit mir überein,
schaut nur genauer hin:
stand ich zuvor nach rechts gewandt,
so kehrt' ich mich nunmehr nach links,
aber ich bin immer ich und ruh' auf denselben Füßen –
immer derselbe dank Himmel und Erde,
dank meinen Augen und wachen Ohren,
dank meiner klaren seelischen Einfalt.

XXX

Wenn ihr mich für einen Mystiker haltet, nun gut, so bin ich es.
Ich bin ein Mystiker, aber nur mit dem Leibe.
Meine Seele ist einfach und denkt nicht.

Meine Mystik besteht im Nichtwissenwollen.
Sie heißt: leben und nicht daran denken.

Ich weiß nicht, was die Natur ist: ich singe von ihr.
Ich lebe auf eines Hügels Höhe
in einem gekalkten, einsamen Haus,
und das ist meine Definition.

XXXI

Se às vezes digo que as flores sorriem
E se eu disser que os rios cantam,
Não é porque eu julgue que há sorrisos nas flores
E cantos no correr dos rios...
É porque assim faço mais sentir aos homens falsos
A existência verdadeiramente real das flores e dos rios.

Porque escrevo para eles me lerem sacrifico-me às vezes
À sua estupidez de sentidos...
Não concordo comigo mas absolvo-me,
Porque só sou essa coisa séria, um intérprete da Natureza,
Porque há homens que não percebem a sua linguagem,
Por ela não ser linguagem nenhuma.

XXXII

Ontem à tarde um homem das cidades
Falava à porta da estalagem.
Falava comigo também.
Falava da justiça e da luta para haver justiça
E dos operários que sofrem,
E do trabalho constante, e dos que têm fome,
E dos ricos, que só têm costas para isso.

E, olhando para mim, viu-me lágrimas nos olhos
E sorriu com agrado, julgando que eu sentia
O ódio que ele sentia, e a compaixão
Que ele dizia que sentia.

(Mas eu mal o estava ouvindo.
Que me importam a mim os homens
E o que sofrem ou supõem que sofrem?
Sejam como eu — não sofrerão.
Todo o mal do mundo vem de nos importarmos uns com os outros,
Quer para fazer bem, quer para fazer mal.
A nossa alma e o céu e a terra bastam-nos.
Querer mais é perder isto, e ser infeliz).

XXXI

Wenn ich zuweilen sage, die Blumen lächeln,
und wenn ich sage, die Flüsse singen,
so nicht, weil ich meinte, es gäbe lächelnde Blumen
und singend strömende Flüsse . . .
Vielmehr, weil ich so den verlogenen Menschen
das wirkliche Wesen der Blumen und Flüsse zeige.

Weil ich schreibe, damit sie mich lesen, bring' ich zuweilen
der Unzulänglickeit ihrer Sinne mich zum Opfer . . .
Ich tue es ungern, doch ich spreche mich frei,
denn im Grunde bin ich nur dies: ein Dolmetscher der Natur,
weil es Menschen gibt, die ihre Sprache nicht fassen,
weil ihre Sprache keine ist.

XXXII

Gestern abend sprach ein Mann aus den Städten
an der Gasthaustür.
Er sprach auch mit mir.
Er redete von Gerechtigkeit und vom Kampfe für die Gerechtigkeit
und von den leidenden Arbeitern
und von der Vollbeschäftigung und von denen, die hungern müssen,
und von den Reichen, denen das einerlei ist.

Als er mich ansah, bemerkte er Tränen in meinen Augen
und lächelte wohlgefällig, denn er glaubte, ich fühlte
den Haß, den er fühlte, und das Mitleid,
das er zu fühlen behauptete.

(Doch ich hörte kaum zu.
Was kümmern die Menschen mich
und was sie leiden oder zu leiden glauben?
Sie seien wie ich — dann leiden sie nicht mehr.
Alles Böse der Welt rührt daher, daß wir uns um einander kümmern,
sei es, um Gutes, sei es, um Böses zu tun.
Unsere Seele und Himmel und Erde sind uns genug.
Mehr wollen heißt, sie verlieren und unglücklich sein.)

Eu no que estava pensando
Quando o amigo de gente falava
(E isso me comoveu até às lágrimas,)
Era em como o murmúrio longínquo dos chocalhos
A esse entardecer
Não parecia os sinos duma capela pequenina
A que fossem à missa as flores e os regatos
E as almas simples como a minha.

(Louvado seja Deus que não sou bom,
E tenho o egoísmo natural das flores
E dos rios que seguem o seu caminho
Preocupados sem o saber
Só com o florir e ir correndo.
É essa a única missão no Mundo,
Essa — existir claramente,
E saber fazê-lo sem pensar nisso.)

E o homem calara-se, olhando o poente.
Mas que tem com o poente quem odeia e ama?

XXXIII

Pobres das flores nos canteiros dos jardins regulares.
Parecem ter medo da polícia...
Mas tão boas que florescem do mesmo modo
E têm o mesmo sorriso antigo
Que tiveram para o primeiro olhar do primeiro homem
Que as viu aparecidas e lhes tocou levemente
Para ver se elas falavam...

XXXIV

Acho tão natural que não se pense
Que me ponho a rir às vezes, sozinho,
Não sei bem de quê, mas é de qualquer coisa
Que tem que ver com haver gente que pensa...

In Wahrheit dachte ich, als der Volksfreund sprach, eben
(und das rührte mich bis zu Tränen),
das ferne Läuten der Herdenglocken
in dieser Abendstunde
klinge nicht wie der Glockenton einer kleinen Kapelle,
in der die Blumen und Bäche
und schlichten Seelen wie ich zur Messe gingen.

(Gott sei gelobt, daß ich kein guter Mensch bin
und die natürliche Eigenliebe der Blumen
und Flüsse besitze, die unbewußt
ihre Bahn verfolgen und einzig besorgt sind,
zu blühen und hinzuströmen.
Dies ist die einzige Pflicht auf Erden:
ein Wandel in Klarheit
und ohne Grübeln.)

Der Mann war verstummt und schaute ins Abendrot.
Aber was kümmert das Abendrot den, welcher haßt und liebt?

XXXIII

Arme Blumen auf abgezirkelten Gartenbeeten.
Sie scheinen Angst vor der Polizei zu haben . . .
Aber so gütig sind sie, daß sie genauso blühen
und das gleiche uralte Lächeln behalten,
das sie dem ersten Blicke des ersten Menschen zeigten,
der sie sprießen sah und sie leicht berührte,
um zu sehen, ob sie auch sprechen könnten . . .

XXXIV

Ich finde es so natürlich, nicht zu denken,
daß ich bisweilen lachen muß, wenn ich allein bin,
ich weiß nicht genau worüber, aber ich lache wohl,
weil es denkende Menschen gibt . . .

Que pensará o meu muro da minha sombra?
Pergunto-me às vezes isto até dar por mim
A perguntar-me coisas...
E então desagrado-me, e incomodo-me
Como se desse por mim com um pé dormente...

Que pensará isto de aquilo?
Nada pensa nada.
Terá a terra consciência das pedras e plantas que tem?
Se ela a tiver, que a tenha...
Que me importa isso a mim?
Se eu pensasse nessas coisas,
Deixaria de ver as árvores e as plantas
E deixava de ver a Terra,
Para ver só os meus pensamentos...
Entristecia e ficava às escuras.
E assim, sem pensar, tenho a Terra e o Céu.

XXXV

O luar através dos altos ramos,
Dizem os poetas todos que ele é mais
Que o luar através dos altos ramos.

Mas para mim, que não sei o que penso,
O que o luar através dos altos ramos
É, além de ser
O luar através dos altos ramos,
É não ser mais
Que o luar através dos altos ramos.

XXXVI

E há poetas que são artistas
E trabalham nos seus versos
Como um carpinteiro nas tábuas!...

Was denkt meine Mauer von meinem Schatten?
Das frag' ich mich manchmal, bis es mir auffällt,
daß ich mir Fragen stelle . . .
Und dann mißfalle ich mir und fühle mich unbehaglich,
als wäre mein Fuß eingeschlafen . . .

Was denkt wohl dieses von jenem?
Nichts denkt nichts.
Hat die Erde Bewußtsein von ihren Steinen und Pflanzen?
Wenn sie es haben sollte, mag sie es haben! . . .
Was kümmert das mich?
Wenn ich an solche Dinge dächte,
sähe ich nicht mehr die Bäume und Pflanzen
und sähe nicht mehr die Erde,
sondern nur meine Gedanken . . .
Ich würde betrübt und bliebe im Dunkeln.
So aber, ohne zu denken, besitze ich Himmel und Erde.

XXXV

Der Mond durch die hohen Zweige schimmernd,
sagen die Dichter alle, sei mehr
als der Mond durch die hohen Zweige schimmernd.

Mir aber, der sich nicht vorstellen kann,
was der Mond durch die hohen Zweige schimmernd
anders sein könne
als der Mond durch die hohen Zweige schimmernd,
ist er wirklich nicht mehr
als der Mond durch die hohen Zweige schimmernd.

XXXVI

Und Dichter gibt es, die sind Künstler
und hobeln so an ihren Versen
wie ein Tischler an seinen Brettern! . . .

Que triste não saber florir!
Ter que pôr verso sobre verso, como quem constrói um muro
E ver se está bem, e tirar se não está!...
Quando a única casa artística é a Terra toda
Que varia e está sempre bem e é sempre a mesma.

Penso nisto, não como quem pensa, mas como quem respira.
E olho para as flores e sorrio...
Não sei se elas me compreendem
Nem se eu as compreendo a elas,
Mas sei que a verdade está nelas e em mim
E na nossa comum divindade
De nos deixarmos ir e viver pela Terra
E levar ao colo pelas Estações contentes
E deixar que o vento cante para adormecermos
E não termos sonhos no nosso sono.

XXXVII

Como um grande borrão de fogo sujo
O sol posto demora-se nas nuvens que ficam.
Vem um silvo vago de longe na tarde muito calma.
Deve ser dum comboio longínquo.

Neste momento vem-me uma vaga saudade
E um vago desejo plácido
Que aparece e desaparece.

Também às vezes, à flor dos ribeiros
Formam-se bolhas na água
Que nascem e se desmancham.
E não têm sentido nenhum
Salvo serem bolhas de água
Que nascem e se desmancham.

Wie traurig, wenn man nicht blühen kann!
Vers über Vers legen muß wie jemand eine Mauer hochzieht
und nachprüfen, ob es gut ist, und wegnehmen, wenn das nicht der Fall ist! . . .
Wo doch das einzige Kunsthaus die ganze Erde ist,
wandelbar, immer gelungen und immer dieselbe.

Ich denke daran, nicht wie ein Denkender, sondern so wie ein Atmender.
Ich schaue die Blumen an und lächle . . .
Ich weiß nicht, ob sie mich begreifen
oder ich sie begreife,
aber ich weiß, daß die Wahrheit in ihnen und mir ist
und unsrer gemeinsamen Göttlichkeit,
mit der wir uns auf der Erde leben
und tragen lassen von den zufriedenen Jahreszeiten
und zulassen, daß der Wind singt, um uns einzuwiegen
in traumlosen Schlummer.

XXXVII

Wie ein großer Tupfer aus schmutzigem Feuer
verweilt das Abendrot in den ruhenden Wolken.
Ein ferner Pfiff unterbricht die Abendstille.
Ist's ein entfernter Zug?

Im gleichen Augenblick packt mich ein unklares Sehnen,
ein unklarer, stiller Wunsch
taucht auf und verschwindet.

So formen sich manchmal Blasen
auf dem Spiegel der Bäche,
formen sich und zerspringen.
Sie haben keinen anderen Sinn
als Blasen zu sein,
die sich bilden und wieder zerspringen.

XXXVIII

Bendito seja o mesmo sol de outras terras
Que faz meus irmãos todos os homens
Porque todos os homens, um momento no dia, o olham como eu,
E nesse puro momento
Todo limpo e sensível
Regressam lacrimosamente
E com um suspiro que mal sentem
Ao Homem verdadeiro e primitivo
Que via o Sol nascer e ainda não o adorava.
Porque isso é natural — mais natural
Que adorar o ouro e Deus
E a arte e a moral...

XXXIX

O mistério das coisas, onde está ele?
Onde está ele que não aparece
Pelo menos a mostrar-nos que é mistério?
Que sabe o rio e que sabe a árvore
E eu, que não sou mais do que eles, que sei disso?
Sempre que olho para as coisas e penso no que os homens pensam delas,
Rio como um regato que soa fresco numa pedra.

Porque o único sentido oculto das coisas
É elas não terem sentido oculto nenhum,
É mais estranho do que todas as estranhezas
E do que os sonhos de todos os poetas
E os pensamentos de todos os filósofos,
Que as coisas sejam realmente o que parecem ser
E não haja nada que compreender.

Sim, eis o que os meus sentidos aprenderam sozinhos: —
As coisas não têm significação: têm existência.
As coisas são o único sentido oculto das coisas.

XXXVIII

Gesegnet sei die Sonne anderer Länder,
die alle Menschen meine Brüder werden läßt,
weil alle Menschen sie, für einen Augenblick am Tage, so wie ich
betrachten
und für die Dauer dieses klaren Augenblicks
rein und empfindungsreich
mit einem unmerklichen Seufzer
gerührt zum ursprünglichen, wahren Menschen wiederkehren,
der diese Sonne aufgehn sah und noch nicht vor ihr niederfiel . . .
Das ist natürlich – weit natürlicher
als Gold anbeten, Gott
und Kunst und Sittlichkeit . . .

XXXIX

Das Geheimnis der Dinge, wo ist es?
Wo ist es, warum erscheint es nicht,
wenigstens um zu zeigen, daß es Geheimnis ist?
Was weiß der Fluß davon und was weiß der Baum?
Und ich, der nicht mehr ist als sie, was weiß ich davon?
Immer wenn ich die Dinge anschaue und daran denke, was die
Menschen von ihnen denken,
lache ich wie ein Bach, der frisch über Steine plätschert.

Weil der einz'ge verborgene Sinn der Dinge
darin besteht, daß sie keinen verborgenen Sinn besitzen,
ist es sonderbarer als alle Sonderbarkeiten,
als alle Dichterträume
und alle Philosophengedanken,
daß die Dinge auch wirklich sind, was sie scheinen,
und es nichts zu verstehen gibt.

Ja, das ist es, was meine Sinne einsam erlernten:
Die Dinge haben keine Bedeutung; sie sind vorhanden.
Die Dinge selbst sind der einz'ge verborgene Sinn der Dinge.

XL

Passa uma borboleta por diante de mim
E pela primeira vez no Universo eu reparo
Que as borboletas não têm cor nem movimento,
Assim como as flores não têm perfume nem cor.
A cor é que tem cor nas asas da borboleta,
No movimento da borboleta o movimento é que se move.
O perfume é que tem perfume no perfume da flor.
A borboleta é apenas borboleta
E a flor é apenas flor.

7.5.1914

XLI

No entardecer dos dias de Verão, às vezes,
Ainda que não haja brisa nenhuma, parece
Que passa, um momento, uma leve brisa...
Mas as árvores permanecem imóveis
Em todas as folhas das suas folhas
E os nossos sentidos tiveram uma ilusão,
Tiveram a ilusão do que lhes agradaria...

Ah!, os sentidos, os doentes que vêem e ouvem!
Fôssemos nós como devíamos ser
E não haveria em nós necessidade de ilusão...
Bastar-nos-ia sentir com clareza e vida
E nem repararmos para que há sentidos...

Mas graças a Deus que há imperfeição no Mundo
Porque a imperfeição é uma coisa,
E haver gente que erra é original,
E haver gente doente torna o Mundo engraçado.
Se não houvesse imperfeição, havia uma coisa a menos,
E deve haver muita coisa
Para termos muito que ver e ouvir...

7.5.1914

XL

Ein Schmetterling flattert an mir vorüber,
und zum ersten Male im Weltall bemerke ich,
daß Schmetterlinge weder Bewegung noch Farbe besitzen
so wie die Blumen weder Farbe noch Duft.
Es ist die Farbe, die Farbe besitzt auf den Schmetterlingsflügeln,
in der Bewegung des Schmetterlings ist das Bewegende die Bewegung.
Der Duft ist das Duftende in der Blume Duft.
Der Schmetterling ist nur Schmetterling
und die Blume nur Blume.

XLI

In der Sommertagsdämmerung scheint es zuweilen,
auch wenn kein Windhauch geht,
daß einen Augenblick lang eine leichte Brise weht . . .
Doch die Bäume verharren reglos
mit allen Blättern ihrer Blätter,
und unsere Sinne unterlagen der Täuschung,
der Täuschung dessen, was sie sich wünschten . . .

Ja, die Sinne, die sehenden, hörenden Kranken!
Wären wir so, wie es richtig wäre,
so bedürften wir nicht der Täuschung . . .
Uns würde genügen, lebendig und klar zu fühlen
und nicht zu bedenken, wozu es Sinne gibt . . .

Aber zum Glück ist die Unvollkommenheit auf der Welt,
denn die Unvollkommenheit ist ein Ding,
daß Menschen sich irren, ist originell,
und daß Kranke da sind, macht die Welt unterhaltsam.
Wenn es nicht Unvollkommenheit gäbe, fehlte ein Ding,
und es muß viele Dinge geben,
damit wir viel sehen und hören können . . .

XLII

Passou a diligência pela estrada, e foi-se;
E a estrada não ficou mais bela, nem sequer mais feia.
Assim é a acção humana pelo mundo fora.
Nada tiramos e nada pomos; passamos e esquecemos;
E o sol é sempre pontual todos os dias.

7.5.1914

XLIII

Antes o voo da ave, que passa e não deixa rasto,
Que a passagem do animal, que fica lembrada no chão.
A ave passa e esquece, e assim deve ser.
O animal, onde já não está e por isso de nada serve,
Mostra que já esteve, o que não serve para nada.

A recordação é uma traição à Natureza.
Porque a Natureza de ontem não é Natureza.
O que foi não é nada, e lembrar é não ver.

Passa, ave, passa, e ensina-me a passar!

7.5.1914

XLIV

Acordo de noite subitamente.
E o meu relógio ocupa a noite toda.
Não sinto a Natureza lá fora.
O meu quarto é uma coisa escura com paredes vagamente brancas.
Là fora há um sossego como se nada existisse.
Só o relógio prossegue o seu ruído.
E esta pequena coisa de engrenagens que está em cima da minha mesa
Abafa toda a existência da terra e do céu...
Quase que me perco a pensar o que isto significa,
Mas estaco, e sinto-me sorrir na noite com os cantos da boca,

XLII

Die Postkutsche fuhr über die Straße und verschwand;
die Straße wurde dadurch nicht schöner und nicht einmal häßlicher.
So ist des Menschen Wirkung auf der Welt.
Nicht zieht er ab und nichts fügt er hinzu; er geht vorüber und
wird vergessen,
und pünktlich kommt die Sonne alle Tage.

XLIII

Lieber den Flug des Vogels, der vorüberzieht und keine Spur hinterläßt,
als den Zug des Tieres, der sich dem Boden einprägt.
Der Vogel fliegt fort, man vergißt ihn, und so muß es sein.
Das Tier zeigt, auch wo es nicht mehr und also nutzlos ist,
daß es schon da war, was ebenfalls nutzlos ist.

Das Erinnern ist ein Verrat an der Natur,
denn die Natur von gestern ist nicht Natur.
Was gestern war, ist heute nichts, erinnern bedeutet nicht sehen.

Zieh vorüber, Vogel, vorüber und lehr mich vorüberziehen!

XLIV

Plötzlich erwache ich in der Nacht,
und meine Uhr füllt die ganze Nacht aus.
Ich fühle nicht mehr die Natur dort draußen.
Mein Zimmer ist etwas Dunkles mit mattweißen Wänden.
Draußen herrscht Stille, als ob es kein Leben gäbe.
Nur das Ticken der Uhr.
Die kleinen verzahnten Räderwerke auf meinem Tisch
ersticken das ganze Dasein von Himmel und Erde . . .
Fast verlier' ich mich an den Gedanken, was das zu bedeuten hat,
aber ich halte ein und fühle mich in der Nacht mit den Mundwinkeln
lächeln.

Porque a única coisa que o meu relógio simboliza ou significa
Enchendo com a sua pequenez a noite enorme
É a curiosa sensação de encher a noite enorme
Com a sua pequenez...

7.5.1914

XLV

Um renque de árvores lá longe, lá para a encosta.
Mas o que é um renque de árvores? Há árvores apenas.
Renque e o plural árvores não são coisas, são nomes.

Tristes das almas humanas, que põem tudo em ordem,
Que traçam linhas de coisa a coisa,
Que põem letreiros com nomes nas árvores absolutamente reais,
E desenham paralelos de latitude e longitude
Sobre a própria terra inocente e mais verde e florida do que isso!

7.5.1914

XLVI

Deste modo ou daquele modo,
Conforme calha ou não calha,
Podendo às vezes dizer o que penso,
E outras vezes dizendo-o mal e com misturas,
Vou escrevendo os meus versos sem querer,
Como se escrever não fosse uma coisa feita de gestos,
Como se escrever fosse uma coisa que me acontecesse
Como dar-me o sol de fora.

Procuro dizer o que sinto
Sem pensar em que o sinto.
Procuro encostar as palavras à ideia
E não precisar dum corredor
Do pensamento para as palavras.

Denn das einzige, was meine Uhr versinnbildlicht oder bedeutet,
ist die sonderbare Empfindung, daß sie die riesige Nacht
mit ihrer Winzigkeit ausfüllt . . .

XLV

Eine Reihe von Bäumen dort an dem fernen Hang.
Aber was ist eine Reihe von Bäumen? Es gibt nur Bäume.
Reihe und die Mehrzahl »Bäume« sind keine Dinge, sind bloße Namen.

Arme Menschenseelen, die alles ordnen wollen,
die von Ding zu Ding Linien ziehen,
Namensschilder an vollkommen wirkliche Bäume heften
und Längen- und Breitengrade
selbst auf die Erde zeichnen, die unschuldig, grüner und blühender
ist als dies alles!

XLVI

Auf die eine oder die andere Weise,
wie es gelingt oder nicht gelingt,
schreibe ich meine Verse.
Manchmal glückt mir zu sagen, was ich denke,
ein andermal sag' ich es schlecht und verworren,
so schreibe ich absichtslos meine Verse,
als ob das Schreiben nicht aus Gebärden bestünde,
als ob das Schreiben mir zustieße
wie das Sonnenlicht auf mich fällt.

Ich versuche zu sagen, was ich fühle,
ohne an das Gefühlte zu denken.
Ich suche die Worte an die Idee anzuschmiegen
und keinen Korridor
vom Gedanken zum Wort zu benötigen.

Nem sempre consigo sentir o que sei que devo sentir.
O meu pensamento só muito devagar atravessa o rio a nado
Porque lhe pesa o fato que os homens o fizeram usar.

Procuro despir-me do que aprendi,
Procuro esquecer-me do modo de lembrar que me ensinaram,
E raspar a tinta com que me pintaram os sentidos,
Desencaixotar as minhas emoções verdadeiras,
Desembrulhar-me e ser eu, não Alberto Caeiro,
Mas um animal humano que a Natureza produziu.

E assim escrevo, querendo sentir a Natureza, nem sequer como um homem,
Mas como quem sente a Natureza, e mais nada.
E assim escrevo, ora bem, ora mal,
Ora acertando com o que quero dizer, ora errando,
Caindo aqui, levantando-me acolá,
Mas indo sempre no meu caminho como um cego teimoso.

Ainda assim, sou alguém.
Sou o Descobridor da Natureza.
Sou o Argonauta das sensações verdadeiras.
Trago ao Universo um novo Universo
Porque trago ao Universo ele-próprio.

Isto sinto e isto escrevo
Perfeitamente sabedor e sem que não veja
Que são cinco horas do amanhecer
E que o sol, que ainda não mostrou a cabeça
Por cima do muro do horizonte,
Ainda assim já se lhe vêem as pontas dos dedos
Agarrando o cimo do muro
Do horizonte cheio de montes baixos.

10.5.1914

Nicht immer gelingt es mir, das zu fühlen, was ich eigentlich
fühlen müßte.
Mein Denken durchschwimmt den Strom nur langsam,
von dem Anzug behindert, den die Menschen ihm angezogen.

Ich versuche, was ich gelernt habe, abzulegen,
suche die Art des Erinnerns, die man mir beigebracht, zu vergessen
und den Farbstoff, mit dem man mir meine Sinne bemalte, abzuschaben,
meine wahren Gefühle auszupacken,
mich auszuwickeln und ganz ich zu sein, nicht Alberto Caeiro,
sondern ein Menschentier, das die Natur hervorgebracht hat.

Und so schreibe ich, da ich nur die Natur fühlen will, nicht einmal
wie ein Mensch,
sondern wie einer, der die Natur fühlt, und weiter nichts.
Und so schreibe ich einmal gut, einmal schlecht,
bald treffe ich, was ich sagen will, bald verfehle ich's
falle hier hin und stehe dort wieder auf,
und schreite gleichwohl weiter auf meinem Wege wie ein beharrlicher
Blinder.

Auch so bin ich nicht zu verachten.
Ich bin der Entdecker der Natur.
Ich bin der Argonaute der echten Empfindungen,
ich bringe dem Weltall ein neues Weltall,
weil ich dem Weltall das Weltall selber bringe.

Dies fühle ich und dies schreibe ich
völlig bewußt und vergesse dabei nicht,
daß es fünf Uhr in der Frühe ist
und die Sonne, die ihr Haupt noch nicht
über die Mauer des Horizontes erhoben hat,
dennoch die Fingerspitzen zeigt
und den Gipfel der niedrigsten Berge
an der Mauer des Horizontes anfaßt.

XLVII

Num dia excessivamente nítido,
Dia em que dava a vontade de ter trabalhado muito
Para nele não trabalhar nada,
Entrevi, como uma estrada por entre as árvores,
O que talvez seja o Grande Segredo,
Aquele Grande Mistério de que os poetas falsos falam.

Vi que não há Natureza,
Que Natureza não existe,
Que há montes, vales, planícies,
Que há árvores, flores, ervas,
Que há rios e pedras,
Mas que não há um todo a que isso pertença,
Que um conjunto real e verdadeiro
É uma doença das nossas ideias.

A Natureza é partes sem um todo.
Isto é talvez o tal mistério de que falam.

Foi isto o que sem pensar nem parar,
Acertei que devia ser a verdade
Que todos andam a achar e que não acham,
E que só eu, porque a não fui achar, achei.

XLVIII

Da mais alta janela da minha casa
Com um lenço branco digo adeus
Aos meus versos que partem para a humanidade.

XLVII

An einem allzu hellen Tage,
einem Tage, der das Verlangen aufkommen ließ, viel Arbeit getan
zu haben,
um ihn mit Nichtstun auszufüllen,
ahnte ich wie eine Straße zwischen den Bäumen,
was wohl das Große Geheimnis ist,
jenes Große Geheimnis, wovon die falschen Dichter reden.

Ich sah: die Natur gibt es nicht,
die Natur ist gar nicht vorhanden,
es gibt Berge und Täler und Ebenen,
es gibt Bäume und Blumen und Gräser,
es gibt Flüsse und Steine,
aber es gibt kein Ganzes, zu dem dies alles gehören würde,
eine wirkliche, wahre Gesamtheit
ist eine Krankheit unsrer Gedanken.

Die Natur ist Teile ohne ein Ganzes.
Dies ist das sogenannte Geheimnis, von dem sie reden.

Dies, hab' ich ohne Grübeln und Klügeln
herausgebracht, muß die Wahrheit sein,
die alle finden wollen und doch nicht finden,
und die nur ich, weil ich nicht danach suchte, gefunden habe.

XLVIII

Vom höchsten Fenster meines Hauses
wink' ich mit einem weißen Tuche
lebewohl meinen Versen, die zu den Menschen reisen.

E não estou alegre nem triste.
Esse é o destino dos versos.
Escrevi-os e devo mostrá-los a todos
Porque não posso fazer o contrário
Como a flor não pode esconder a cor,
Nem o rio esconder que corre,
Nem a árvore esconder que dá fruto.

Ei-los que vão já longe como que na diligência
E eu sem querer sinto pena
Como uma dor no corpo.

Quem sabe quem os lerá?
Quem sabe a que mãos irão?

Flor, colheu-me o meu destino para os olhos.
Árvore, arrancaram-me os frutos para as bocas.
Rio, o destino da minha água era não ficar em mim.
Submeto-me e sinto-me quase alegre,
Quase alegre como quem se cansa de estar triste.

Ide, ide de mim!
Passa a árvore e fica dispersa pela Natureza.
Murcha a flor e o seu pó dura sempre.
Corre o rio e entra no mar e a sua água é sempre a que foi sua.

Passo e fico, como o Universo.

Ich bin weder heiter noch traurig.
Das ist das Schicksal der Verse.
Ich schrieb sie und muß sie nun allen zeigen,
weil ich nichts anderes tun kann,
wie die Blume nicht ihre Farbe,
der Fluß nicht sein Fließen,
der Baum seine Frucht nicht verbergen kann.

Schon sind sie fern, als reisten sie mit der Kutsche,
und ich spüre ungewollt Pein
wie einen leiblichen Schmerz.

Wer weiß, wer sie lesen wird?
Wer weiß, in wessen Hände sie fallen werden?

Blume – pflückte mich mein Geschick für die Augen.
Baum – entrissen sie mir die Früchte für die Münder.
Strom – war es das Schicksal meines Wassers, nicht bei mir zu bleiben.
Ich füge mich und ich fühl' mich fast heiter,
fast heiter wie einer es satt bekommt, traurig zu sein.

Geht nur, geht von mir fort!
Es stirbt der Baum und vereint sich mit der Natur.
Es welkt die Blume, und ihr Staub dauert ewig.
Es strömt der Fluß und mündet ins Meer, und sein Wasser bleibt
immer das seine.

Ich schwinde und bleibe – wie das Weltall.

XLIX

Meto-me para dentro, e fecho a janela.
Trazem o candeeiro e dão as boas-noites.
E a minha voz contente dá as boas-noites.
Oxalá a minha vida seja sempre isto:
O dia cheio de sol, ou suave de chuva,
Ou tempestuoso como se acabasse o Mundo,
A tarde suave e os ranchos que passam
Fitados com interesse da janela,
O último olhar amigo dado ao sossego das árvores,
E depois, fechada a janela, o candeeiro aceso,
Sem ler nada, sem pensar em nada, nem dormir,
Sentir a vida correr por mim como um rio por seu leito,
E lá fora um grande silêncio como um deus que dorme.

XLIX

Ich trete ins Haus und schließe das Fenster.
Man bringt mir die Lampe und sagt: Gute Nacht!
Und meine zufriedene Stimme sagt: Gute Nacht!
Ach, könnte mein Leben immer dies sein:
der Tag voller Sonne oder im Regen mild
oder stürmisch, als ginge die Welt zugrunde,
der Abend sanft und die vorüberwandernden Menschengruppen
vom Fenster aus teilnahmsvoll betrachtet,
ein letzter Freundesblick für die stillen Bäume,
dann bei geschlossenem Fenster, bei brennender Lampe,
ohne zu lesen, ohne zu denken, ohne zu schlafen,
das Leben durch mich hindurchfließen spüren wie ein Strom
durch sein Bett,
und draußen ein großes Schweigen – ein schlafender Gott.

Poemas Inconjuntos (1913—1915)

Verstreute Gedichte (1913—1915)

1

Não basta abrir a janela
Para ver os campos e o rio.
Não é bastante não ser cego
Para ver as árvores e as flores.
É preciso também não ter filosofia nenhuma.
Com filosofia não há árvores: há ideias apenas.
Há só cada um de nós, como uma cave.
Há só uma janela fechada, e todo o mundo lá fora;
E um sonho do que se poderia ver se a janela se abrisse,
Que nunca é o que se vê quando se abre a janela.

2

Falas de civilização, e de não dever ser,
Ou de não dever ser assim.
Dizes que todos sofrem, ou a maioria de todos,
Com as cousas humanas postas desta maneira,
Dizes que se fossem diferentes, sofreriam menos.
Dizes que se fossem como tu queres, seriam melhor.
Escuto sem te ouvir.
Para que te quereria eu ouvir?
Ouvindo-te nada ficaria sabendo.
Se as cousas fossem diferentes, seriam diferentes: eis tudo.
Se as cousas fossem como tu queres, seriam só como tu queres.
Ai de ti e de todos que levam a vida
A querer inventar a máquina de fazer felicidade!

3

Entre o que vejo de um campo e o que vejo de outro campo
Passa um momento uma figura de homem.
Os seus passos vão com «ele» na mesma realidade,
Mas eu reparo para ele e para eles, e são duas coisas:

1

Es genügt nicht, das Fenster zu öffnen,
um Felder und Fluß zu sehen.
Es genügt nicht, kein Blinder zu sein,
um Bäume und Blumen zu sehen.
Man darf auch keiner Philosophie anhängen.
Mit Philosophie gibt es keine Bäume: es gibt nur Ideen.
Es gibt nur jeden einzelnen, wie einen Keller.
Es gibt nur ein geschlossenes Fenster und die ganze Welt draußen;
und den Traum von dem, was man sehen würde, wenn sich das
Fenster öffnete,
und das ist niemals das, was man sieht, wenn man das Fenster öffnet.

2

Du sprichst von Kultur und von dem, was nicht sein darf,
oder von dem, was nicht so sein dürfte.
Du sagst, alle oder die große Mehrheit leiden,
weil die menschlichen Dinge so und nicht anders geordnet sind.
Du sagst, wenn sie anders wären, litten sie weniger.
Du sagst, wenn sie so wären, wie du es willst, wäre es besser.
Ich höre es, ohne dir zuzuhören.
Warum sollte ich dir wohl zuhören wollen?
Beim Zuhören würde ich doch nichts erfahren.
Wären die Dinge anders, so wären sie anders, und das ist alles.
Wären die Dinge so, wie du willst, so wären sie nur, wie du willst.
Wehe dir, wehe allen, die ihr Leben damit verbringen,
eine Beglückungsmaschine erfinden zu wollen!

3

Zwischen zwei Feldern vor meinem Auge
erscheint für Augenblicke die Gestalt eines Menschen.
Seine Schritte gehen mit »ihm« durch die gleiche Wirklichkeit,
doch ich achte auf ihn und auf sie, und so sind es zwei Dinge:

O »homem» vai andando com as suas ideias, falso e estrangeiro,
E os passos vão com o sistema antigo que faz pernas andar.
Olho-o de longe sem opinião nenhuma.
Que perfeito que é nele o que ele é-o seu corpo,
A sua verdadeira realidade que não tem desejos nem esperanças,
Mas músculos e a maneira certa e impessoal de os usar.

20.4.1919

4

Criança desconhecida e suja brincando à minha porta,
Não te pergunto se me trazes um recado dos símbolos.
Acho-te graça por nunca te ter visto antes,
E naturalmente se pudesses estar limpa eras outra criança,
Nem aqui vinhas.
Brinca na poeira, brinca!
Aprecio a tua presença só com os olhos.
Vale mais a pena ver uma coisa sempre pela primeira vez que
conhecê-la,
Porque conhecer é como nunca ter visto pela primeira vez,
E nunca ter visto pela primeira vez é só ter ouvido contar.

O modo como esta criança está suja é diferente do modo como as
outras estão sujas.
Brinca! Pegando numa pedra que te cabe na mão,
Sabes que te cabe na mão.
Qual é a filosofia que chega a uma certeza maior?
Nenhuma, e nenhuma pode vir brincar nunca à minha porta.

12.4.1919

5

Verdade, mentira, certeza, incerteza...
Aquele cego ali na estrada também conhece estas palavras.

Der »Mensch« wandert weiter mit seinen Gedanken, falsch und
ein Fremdling,
und die Schritte gehn nach der alten Weise, die Beine gehen läßt.
Ich betrachte ihn aus der Ferne und ganz ohne Meinung.
Wie vollkommen ist das an ihm, was er ist – sein Körper,
seine wahrhaftige Wirklichkeit, die weder Wünsche noch Hoff-
nungen kennt,
sondern nur Muskeln und die sichere, unpersönliche Fähigkeit,
sie zu benutzen.

4

Du unbekanntes, schmutziges Kind, das vor meiner Tür spielt,
ich frage dich nicht, ob du mir eine symbolische Botschaft bringst.
Ich finde dich reizend, weil ich dich niemals zuvor gesehen habe,
und freilich, könntest du sauber sein, so wärst du ein anderes Kind
und kämst nicht hierher.
Spiel nur im Staube, spiel!
Nur mit den Augen freu' ich mich deiner Gegenwart.
Lohnender ist es, ein Ding immer wieder zum ersten Male zu
sehen als es zu kennen;
denn kennen bedeutet niemals zum ersten Male gesehen haben,
und nie zum ersten Male gesehen haben, heißt, nur vom Hörensagen kennen

Dieses Kind ist auf andere Weise schmutzig als andere Kinder.
Spiel nur! Wenn du einen Stein aufhebst, der in deine Hand paßt,
weißt du, daß er in deine Hand paßt.
Welche Philosophie gelangt zu größrer Gewißheit?
Keine – und keine kann jemals an meine Tür spielen kommen.

5

Wahrheit und Lüge, Gewißheit und Ungewißheit . . .
Auch der Blinde dort auf der Straße kennt diese Worte.

Estou sentado num degrau alto e tenho as mãos apertadas
Sobre o mais alto dos joelhos cruzados.
Bem: verdade, mentira, certeza, incerteza o que são?
O cego pára na estrada,
Desliguei as mãos de cima do joelho.
Verdade, mentira, certeza, incerteza são as mesmas?
Qualquer coisa mudou numa parte da realidade — os meus
joelhos e as minhas mãos.
Qual é a ciência que tem conhecimento para isto?
O cego continua o seu caminho e eu não faço mais gestos.
Já não é a mesma hora, nem a mesma gente, nem nada igual.
Ser real é isto.

12.4.1919

6

Uma gargalhada de raparigas soa do ar da estrada.
Riu do que disse quem não vejo.
Lembro-me já que ouvi.
Mas se me falarem agora de uma gargalhada de rapariga da estrada,
Direi: não, os montes, as terras ao sol, o sol, a casa aqui,
E eu que só oiço o ruído calado do sangue que há na minha vida
dos dois lados da cabeça.

12.4.1919

7

Noite de S. João para além do muro do meu quintal.
Do lado de cá, eu sem noite de S. João.
Porque há S. João onde o festejam.
Para mim há uma sombra de luz de fogueiras na noite,
Um ruído de gargalhadas, os baques dos saltos.
E um grito casual de quem não sabe que eu existo.

12.4.1919

Ich sitze auf einer hohen Stufe, die Hände
auf dem höheren meiner gekreuzten Knie verschlungen.
Gut also: Wahrheit und Lüge, Gewißheit und Ungewißheit, was sind sie?
Der Blinde bleibt auf der Straße stehen,
ich habe die Hände vom Knie gelöst.
Wahrheit und Lüge, Gewißheit und Ungewißheit – sind sie
dieselben?
In einem Teilstück der Wirklichkeit hat sich etwas verändert –
meine Knie und meine Hände.
Wo ist die Wissenschaft, die das zu erkennen vermag?
Der Blinde setzt seinen Weg fort, und ich verzichte auf weitre
Gebärden.
Verwandelt die Stunde, die Menschen – alles.
Und das heißt wirklich sein.

6

Ein Mädchenlachen klingt von der Straße herauf.
Es belachte, was einer sagte, den ich nicht sehe.
Ich erinnre mich, daß ich's hörte.
Aber spricht man mir jetzt von einem Mädchenlachen,
so sage ich: nein, die Berge, die sonnige Landschaft, die Sonne,
das Haus hier
und ich, der nur das verschwiegene Pochen des Blutes auf beiden
Seiten der Stirn vernimmt.

7

Johannisnacht jenseits der Mauer meines Gartens.
Diesseits bin ich, ohne Johannisnacht.
Denn Johannisnacht ist nur dort, wo sie gefeiert wird.
Für mich bleibt ein Schatten vom Licht der nächtlichen Feuer,
der Widerhall von Gelächter und dem Aufschlag von Sprüngen
und der Zufallsschrei jemandes, der nicht weiß, daß ich da bin.

8

Ontem o pregador de verdades dele
Falou outra vez comigo.
Falou do sofrimento das classes que trabalham
(Não do das pessoas que sofrem, que é afinal quem sofre.)
Falou da injustiça de uns terem dinheiro,
E de outros terem fome, que não sei se é fome de comer,
Ou se é só fome da sobremesa alheia.
Falou de tudo quanto pudesse fazê-lo zangar-se.

Que feliz deve ser quem pode pensar na infelicidade dos outros!
Que estúpido se não sabe que a infelicidade dos outros é deles.
E não se cura de fora,
Porque sofrer não é ter falta de tinta
Ou o caixote não ter aros de ferro!

Haver injustiça é como haver morte.
Eu nunca daria um passo para alterar
Aquilo a que chamam a injustiça do mundo.
Mil passos que desse para isso
Eram só mil passos.
Aceito a injustiça como aceito uma pedra não ser redonda,
E um sobreiro não ter nascido pinheiro ou carvalho.

Cortei a laranja em duas, e as duas partes não podiam ficar iguais.
Para qual fui injusto — eu, que as vou comer a ambas?

9

Tu, místico, vês uma significação em todas as coisas.
Para ti tudo tem um sentido velado.
Há uma coisa oculta em cada coisa que vês.

8

Gestern sprach der Prediger seiner eigenen Wahrheiten
wiederum mit mir.
Er sprach vom Leiden der Arbeiterklasse
(nicht von den leidenden Menschen und sie sind es doch, die leiden.)
Er sprach von der Ungerechtigkeit, daß die einen Geld
und die anderen Hunger haben, ich weiß nicht, ob Hunger nach Essen
oder nur Hunger nach fremdem Nachtisch.
Er sprach von allem, was ihn erzürnen konnte.

Wie glücklich muß jemand sein, der ans Unglück der anderen
denken kann!
Wie töricht, wenn er nicht weiß, daß das Unglück der anderen ihr
Eigentum ist
und nicht von außen geheilt werden kann.
Leiden ist doch nicht Mangel an Tinte
oder eine Kiste ohne Bandeisen!

Ungerechtigkeit ist so unvermeidlich wie der Tod.
Ich würde nie einen Schritt tun, um das zu ändern,
was man die Ungerechtigkeit auf Erden nennt.
Tausend Schritte für dieses Ziel
wären nur tausend Schritte.
Ich nehme die Ungerechtigkeit hin, wie ich hinnehme, daß ein
Stein nicht rund
und eine Korkeiche nicht als Pinie oder als Eiche gewachsen ist.

Ich habe die Orange in zwei Teile zerschnitten — und beide Teile
sind nicht gleich ausgefallen.
Zu welchem Teil war ich ungerecht — ich, der sie beide verzehren wird?

9

Du, Mystiker, suchst in allen Dingen eine Bedeutung.
Für dich hat alles einen verschleierten Sinn.
Etwas Verborgenes liegt in allem, was du erblickst.

O que vês, vê-lo sempre para veres outra coisa.
Para mim, graças a ter olhos só para ver,
Eu vejo ausência de significação em todas as coisas;
Vejo-o e amo-me, porque ser uma coisa é não significar nada.
Ser uma coisa é não ser susceptível de interpretação.

12.4.1919

10

Pastor do monte, tão longe de mim com as tuas ovelhas —
Que felicidade é essa que pareces ter — a tua ou a minha?
A paz que sinto quando te vejo, pertence-me, ou pertence-te?
Não, nem a ti nem a mim, pastor.
Pertence só à felicidade e à paz.
Nem tu a tens, porque não sabes que a tens.
Nem eu a tenho, porque sei que a tenho.
Ela é ela só, e cai sobre nós como o sol,
Que te bate nas costas e te aquece, e tu pensas noutra coisa
indiferentemente.
E me bate na cara e me ofusca, e eu só penso no sol.

12.4.1919

11

Dizes-me: tu és mais alguma coisa
Que uma pedra ou uma planta.
Dizes-me: sentes, pensas e sabes
Que pensas e sentes.
Então as pedras escrevem versos?
Então as plantas têm ideias sobre o mundo?

Was du siehst, siehst du immer, um etwas andres zu sehen.
Ich aber, weil ich nur zum Sehen Augen habe,
ich sehe das Fehlen jeder Bedeutung in allen Dingen;
ich sehe das und liebe mich selbst dafür, denn Ding sein heißt
nichts bedeuten.
Ding sein heißt, keiner Auslegung fähig sein.

10

Du Hirte des Berges, so fern von mir mit deinen Schafen –
was ist das für ein Glück, das du zu genießen scheinst – ist es dein
oder mein?
Der Friede, den ich bei deinem Anblick spüre, gehört er mir oder dir?
Nein, Hirte, weder dir noch mir.
Er gehört nur dem Glück und dem Frieden.
Du hast ihn nicht, denn du weißt nicht, daß du ihn hast.
Ich habe ihn auch nicht, denn ich weiß, daß ich ihn habe.
Er ist nur er und fällt auf uns wie die Sonne,
deinen Rücken bestrahlt sie, durchwärmt dich, und du denkst mit
Gleichmut an etwas andres,
mir scheint sie grad ins Gesicht und blendet mich, und ich denke
nur an die Sonne.

11

Du sagst zu mir: du bist mehr
als eine Pflanze oder ein Stein.
Du sagst zu mir: du fühlst und denkst, und du weißt,
daß du fühlst und denkst.
Schreiben die Steine Verse?
Denken die Pflanzen über die Welt nach?

Sim: há diferença.
Mas não é a diferença que encontras;
Porque o ter consciência não me obriga a ter teorias sobre as coisas:
Só me obriga a ser consciente.

Se sou mais que uma pedra ou uma planta? Não sei.
Sou diferente. Não sei o que é mais ou menos.

Ter consciência é mais que ter cor?
Pode ser e pode não ser.
Sei que é diferente apenas.
Ninguém pode provar que é mais que só diferente.

Sei que a pedra é real, e que a planta existe.
Sei isto porque elas existem.
Sei isto porque os meus sentidos mo mostram.
Sei que sou real também.
Sei isto porque os meus sentidos mo mostram,
Embora com menos clareza que me mostram a pedra e a planta.
Não sei mais nada.

Sim, escrevo versos, e a pedra não escreve versos.
Sim, faço ideias sobre o mundo, e a planta nenhumas.
Mas é que as pedras não são poetas, são pedras;
E as plantas são plantas só, e não pensadores.
Tanto posso dizer que sou superior a elas por isto,
Como que sou inferior.
Mas não digo isso: digo da pedra, «é uma pedra»,
Digo da planta, «é uma planta»,
Digo de mim, «sou eu».
E não digo mais nada. Que mais há a dizer?

Ja: da ist ein Unterschied.
Aber es ist nicht der Unterschied, den du findest;
Bewußtsein zu haben verpflichtet mich nicht, Theorien über die
Dinge aufzustellen;
es verpflichtet mich nur, bewußt zu sein.

Bin ich mehr als Stein oder Pflanze? Ich weiß es nicht.
Ich bin anders. Ich weiß nicht, was mehr oder weniger ist.

Ist Bewußtsein haben mehr wert als Farbe haben?
Kann sein und kann nicht sein.
Ich weiß, daß es nur etwas anderes ist.
Niemand vermag zu beweisen, daß es mehr als nur anders ist.

Ich weiß: der Stein ist wirklich, die Pflanze lebt.
Ich weiß es, weil sie vorhanden sind.
Ich weiß es, weil es mir meine Sinne zeigen.
Ich weiß: auch ich bin wirklich.
Ich weiß es, weil es mir meine Sinne zeigen,
obschon mit geringerer Klarheit als sie mir Stein und Pflanze zeigen.
Mehr weiß ich nicht.

Ich schreibe Verse, gewiß, und der Stein schreibt keine.
Ich denke nach über die Welt, gewiß, und die Pflanze nicht.
Aber die Steine sind keine Dichter, sind Steine,
und die Pflanzen sind einzig Pflanzen und keine Denker.
Ebensogut kann ich sagen, ich sei ihnen überlegen
wie auch, ich sei unterlegen.
Doch das sage ich nicht. Vom Steine sag' ich: »Es ist ein Stein«,
von der Pflanze sag' ich: »Es ist eine Pflanze«,
von mir sag ich: »Ich bin ich.«
Mehr sage ich nicht. Was gäbe es weiter zu sagen?

12

A espantosa realidade das coisas
É a minha descoberta de todos os dias.
Cada coisa é o que é,
E é difícil explicar a alguém quanto isso me alegra,
E quanto isso me basta.

Basta existir para se ser completo.

Tenho escrito bastantes poemas.
Hei-de escrever muitos mais, naturalmente.
Cada poema meu diz isto,
E todos os meus poemas são diferentes,
Porque cada coisa que há é uma maneira de dizer isto.

Ás vezes ponho-me a olhar para uma pedra.
Não me ponho a pensar se ela sente.
Não me perco a chamar-lhe minha irmã.
Mas gosto dela por ela ser uma pedra,
Gosto dela porque ela não sente nada,
Gosto dela porque ela não tem parentesco nenhum comigo.

Outras vezes oiço passar o vento,
E acho que só para ouvir passar o vento vale a pena ter nascido.

Eu não sei o que é que os outros pensarão lendo isto;
Mas acho que isto deve estar bem porque o penso sem esforço,
Nem ideia de outras pessoas a ouvir-me pensar;
Porque o penso sem pensamentos,
Porque o digo como as minhas palavras o dizem.

Uma vez chamaram-me poeta materialista,
E eu admirei-me, porque não julgava
Que se me pudesse chamar qualquer coisa.
Eu nem sequer sou poeta: vejo.
Se o que escrevo tem valor, não sou eu que o tenho:
O valor está ali, nos meus versos.
Tudo isso é absolutamente independente da minha vontade.

7.11.1915

12

Die bestürzende Wirklichkeit der Dinge
ist meine täglich neue Entdeckung.
Jedes Ding ist, was es ist,
und es ist schwer zu erklären, wie sehr mich das freut
und wie sehr mir's genug ist.

Dasein heißt vollständig sein.

Ich habe viele Gedichte geschrieben.
Ich werde noch viele andere schreiben.
Jedes meiner Gedichte besagt nur dies
und alle meine Gedichte sind unterschiedlich,
denn jedes vorhandene Ding besagt dies auf seine Weise.

Zuweilen betrachte ich einen Stein.
Ich denke nicht darüber nach, ob er fühlt.
Ich nenne ihn nicht meinen Bruder.
Aber ich liebe ihn, weil er eben ein Stein ist,
ich liebe ihn, weil er nichts fühlt,
ich liebe ihn, weil er mir nicht verwandt ist.

Ein andermal lausch' ich dem Winde
und meine, nur um dem Wind zu lauschen, lohnt es sich, auf die
Welt zu kommen.

Ich weiß nicht, was andere denken, wenn sie das lesen;
aber ich glaube, es muß seine Richtigkeit haben, weil ich es
mühelos denke,
ohne mir andere vorzustellen, die mich denken hören,
weil ich es ohne Gedanken denke,
weil ich es sage, wie meine Worte es sagen.

Einmal hat man mich einen materialistischen Dichter genannt,
und ich staunte, weil ich nicht dachte,
daß man mich überhaupt etwas nennen könnte.
Bin ich doch nicht einmal Dichter: ich sehe.
Wenn das einen Wert hat, was ich hier schreibe, so ist's nicht mein eigner.
Der Wert liegt in ihnen, in meinen Versen.
All dies ist ganz und gar unabhängig von meinem Willen.

13

Quando tornar a vir a Primavera
Talvez já não me encontre no mundo.
Gostava agora de poder julgar que a Primavera é gente
Para poder supor que ela choraria,
Vendo que perdera o seu único amigo.
Mas a Primavera nem sequer é uma coisa:
É uma maneira de dizer.
Nem mesmo as flores tornam, ou as folhas verdes.
Há novas flores, novas folhas verdes.
Há outros dias suaves.
Nada torna, nada se repete, porque tudo é real.

7.11.1915

14

Se eu morrer novo,
Sem poder publicar livro nenhum,
Sem ver a cara que têm os meus versos em letra impressa
Peço que, se se quiserem ralar por minha causa,
Que não se ralem.
Se assim aconteceu, assim está certo.

Mesmo que os meus versos nunca sejam impressos,
Eles lá terão a sua beleza, se forem belos.
Mas eles não podem ser belos e ficar por imprimir,
Porque as raízes podem estar debaixo da terra
Mas as flores florescem ao ar livre e à vista.
Tem que ser assim por força. Nada o pode impedir.

Se eu morrer muito novo, oiçam isto:
Nunca fui senão uma criança que brincava.
Fui gentio como o sol e a água,
De uma religião universal que só os homens não têm.
Fui feliz porque não pedi coisa nenhuma,
Nem procurei achar nada,
Nem achei que houvesse mais explicação
Que a palavra explicação não ter sentido nenhum.

13

Wenn der Frühling wiederkehrt,
findet er mich vielleicht nicht mehr auf Erden.
Ich würde gern glauben, der Frühling sei auch ein Mensch,
um hoffen zu können, er werde weinen,
wenn er entdeckt, daß er seinen einzigen Freund verlor.
Aber der Frühling ist nicht einmal ein Ding:
er ist eine Redewendung.
Selbst die Blumen kehren nicht wieder oder die grünen Blätter.
Neue Blumen sind es und andere grüne Blätter.
Andere milde Tage.
Nichts kehrt wieder und nichts wiederholt sich, denn alles ist wirklich.

14

Wenn ich jung sterben sollte,
ohne ein einziges Buch herauszubringen,
ohne zu sehen, wie meine Verse im Druckbild wirken,
bitte ich, wenn ihr euch meinetwillen betrüben wollt,
betrübt euch nicht.
Wenn es so geschah, ist es richtig.

Auch wenn meine Verse niemals gedruckt werden,
haben sie doch ihre Schönheit, sofern sie schön sind.
Aber sie können nicht schön sein und ungedruckt bleiben,
weil zwar die Wurzeln unter der Erde sind,
aber die Blumen im Freien blühen, für jedermann sichtbar.
So muß es notwendig sein. Und nichts kann es hindern.

Wenn ich jung sterben sollte, so hört noch dies:
nie war ich mehr als ein spielendes Kind.
Ich war ein Heide wie Sonne und Wasser
mit einer Weltreligion, die nur die Menschen nicht haben.
Ich war glücklich, weil ich nichts forderte
und nichts zu finden suchte
und fand, daß es nichts zu erklären gäbe
und daß das Wort Erklärung sinnlos wäre.

Não desejei senão estar ao sol ou à chuva –
Ao sol quando havia sol
E à chuva quando estava chovendo
(E nunca a outra coisa),
Sentir calor e frio e vento,
E não ir mais longe.

Uma vez amei, julguei que me amariam,
Mas não fui amado.
Não fui amado pela única grande razão –
Porque não tinha que ser.
Consolei-me voltando ao sol e à chuva,
E sentando-me outra vez à porta da casa.
Os campos, afinal, não são tão verdes para os que são amados
Como para os que o não são.
Sentir é estar distraído.

7.11.1915

15

Quando vier a Primavera,
Se eu já estiver morto,
As flores florirão da mesma maneira
E as árvores não serão menos verdes que na Primavera passada.
A realidade não precisa de mim.

Sinto uma alegria enorme
Ao pensar que a minha morte não tem importância nenhuma.

Se soubesse que amanhã morria
E a Primavera era depois de amanhã,
Morreria contente, porque ela era depois de amanhã.
Se esse é o seu tempo, quando havia ela de vir senão no seu tempo?
Gosto que tudo seja real e que tudo esteja certo;
E gosto porque assim seria, mesmo que eu não gostasse.
Por isso, se morrer agora, morro contente,
Porque tudo é real e tudo está certo.

Ich wollte nur in der Sonne sein oder im Regen –
in der Sonne, wenn Sonne schien,
und im Regen, wenn Regen fiel
(und bei nichts anderem),
Hitze spüren und Kälte und Wind
und gar nichts weiter.

Einmal liebte ich, meinte, ich würde wiedergeliebt,
doch ich ward nicht geliebt.
Ich ward nicht geliebt aus dem einzigen großen Grunde: –
es sollte nicht sein.

Ich tröstete mich mit Sonne und Regen
und setzte mich abermals an die Haustür.
Für jemanden, der geliebt wird, sind die Felder nicht so grün
wie für jemand, der nicht geliebt wird.
Fühlen bedeutet zerstreut sein.

15

Wenn der Frühling kommt
und ich schon gestorben sein sollte,
werden die Blumen blühen wie immer
und die Bäume nicht weniger grün sein als im vergangenen Frühling.
Die Wirklichkeit braucht mich nicht.

Ich spüre ein unermeßliches Glücksgefühl
bei dem Gedanken, daß mein Tod keine Bedeutung hat.

Wenn ich wüßte, ich stürbe morgen
und der Frühling begönne übermorgen,
stürbe ich heiter, weil er übermorgen begönne.
Wenn dies seine Zeit ist, wann sollte er kommen, wenn nicht zu seiner Zeit?
Es gefällt mir, daß alles wirklich und alles richtig ist,
und es gefällt mir, weil es so wäre, auch wenn es mir nicht gefiele.
Und deshalb, wenn ich jetzt sterbe, sterb' ich zufrieden,
weil alles wirklich ist und alles so wie es sein soll.

Podem rezar latim sobre o meu caixão, se quiserem.
Se quiserem, podem dançar e cantar à roda dele.
Não tenho preferências para quando já não puder ter preferências.
O que for, quando for, é que será o que é.

7.11.1915

16

Se, depois de eu morrer, quiserem escrever a minha biografia,
Não há nada mais simples.
Tem só duas datas — a da minha nascença e a da minha morte.
Entre uma e outra coisa todos os dias são meus.

Sou fácil de definir.
Vi como um danado.
Amei as coisas sem sentimentalidade nenhuma.
Nunca tive um desejo que não pudesse realizar, porque nunca ceguei.
Mesmo ouvir nunca foi para mim senão um acompanhamento de ver.
Compreendi que as coisas são reais e todas diferentes umas das outras;
Compreendi isto com os olhos, nunca com o pensamento.
Compreender isto com o pensamento seria achá-las todas iguais.

Um dia deu-me o sono como a qualquer criança.
Fechei os olhos e dormi.
Além disso, fui o único poeta da Natureza.

17

É noite. A noite é muito escura. Numa casa a uma grande distância
Brilha a luz duma janela.
Vejo-a, e sinto-me humano dos pés à cabeça.

Sie können an meinem Sarg, wenn sie wollen, lateinisch beten,
wenn sie wollen, können sie tanzen und singend um ihn herumziehn.
Ich habe keine Wünsche für die Zeit, in der ich keine Wünsche
mehr haben kann.
Was sein wird, ist, wenn es sein wird, das, was es ist.

16

Wenn ihr nach meinem Tode meine Biographie schreiben wollt,
so ist nichts leichter als das.
Sie hat nur zwei Daten – Geburt und Todestag.
Alle Tage dazwischen gehören mir.

Ich bin leicht auf eine Formel zu bringen.
Ich war besessen vom Schauen.
Ich habe die Dinge ohne Gefühlsduselei geliebt.
Nie hegte ich einen Wunsch, den ich mir erfüllen konnte, weil ich
niemals erblindete.
Sogar das Hören war für mich niemals mehr als eine Begleitung
des Sehens.
Ich habe begriffen, die Dinge sind wirklich und alle untereinander
verschieden;
ich habe das mit den Augen, nie mit Gedanken verstanden.
Dies mit Gedanken verstehen, hieße, sie alle gleich zu finden.

Eines Tages kam der Schlaf über mich wie über ein Kind.
Ich schloß die Augen und schlief.
Überdies – war ich der einzige Dichter der Natur.

17

Es ist Nacht. Die Nacht ist finster. In einem fernen Haus
blinkt das Licht eines Fensters.
Ich gewahr' es und fühle mich menschlich von Kopf bis Fuß.

É curioso que toda a vida do indivíduo que ali mora, e que
não sei quem é,
Atrai-me só por essa luz vista de longe.
Sem dúvida que a vida dele é real e ele tem cara, gestos, família
e profissão.

Mas agora só me importa a luz da janela dele.
Apesar de a luz estar ali por ele a ter acendido,
A luz é a realidade imediata para mim.
Eu nunca passo para além da realidade imediata.
Para além da realidade imediata não há nada,
Se eu, de onde estou, só vejo aquela luz,
Em relação à distância onde estou há só aquela luz.
O homem e a família dele são reais do lado de lá da janela.
Eu estou do lado de cá, a uma grande distância.
A luz apagou-se.
Que me importa que o homem continue a existir?

8.11.1915

18

Nunca sei como é que se pode achar um poente triste.
Só se é por um poente não ser uma madrugada.
Mas se ele é um poente, como é que ele havia de ser uma
madrugada?

8.11.1915

19

Um dia de chuva é tão belo como um dia de sol.
Ambos existem; cada um como é.

8.11.1915

Sonderbar ist es, daß mich das Leben des Menschen, der dort
wohnt und den ich nicht kenne,
nur durch dies aus der Ferne erblickte Licht anzieht.
Zweifellos ist sein Leben wirklich, hat er Gesicht, Gebärden,
Beruf und Familie.

Doch im Augenblick kümmert mich nur das Licht seines Fensters.
Obwohl das Licht dort ist, weil er es angezündet,
ist es für mich die unmittelbare Wirklichkeit.
Die unmittelbare Wirklichkeit überschreite ich nie.
Jenseits der unmittelbaren Wirklichkeit gibt es nichts.
Wenn ich, wo ich jetzt bin, nur dieses Licht gewahre,
fern, wie ich bin, gibt es nur dieses Licht.
Der Mensch und seine Familie sind auf der anderen Seite des
Fensters wirklich.
Ich bin auf dieser Seite und weit entfernt.
Das Licht ist erloschen.
Was kümmert es mich, daß der Fremde weiterlebt?

18

Ich weiß nicht, wie man ein Abendrot als traurig empfinden kann.
Wohl nur darum, weil ein Abendrot kein Morgenrot ist.
Aber wenn es ein Abendrot ist, wie könnte es Morgenrot sein?

19

Ein Regentag ist so schön wie ein Sonnentag.
Beide sind Wirklichkeit, jeder auf seine Weise.

20

Quando a erva crescer em cima da minha sepultura,
Seja esse o sinal para me esquecerem de todo.
A Natureza nunca se recorda, e por isso é bela.
E se tiverem a necessidade doentia de «interpretar» a erva verde
sobre a minha sepultura,
Digam que eu continuo a verdecer e a ser natural.

8.11.1915

21

Quando está frio no tempo do frio, para mim é como se estivesse
agradável,
Porque para o meu ser adequado à existência das coisas
O natural é o agradável só por ser natural.

Aceito as dificuldades da vida porque são o destino,
Como aceito o frio excessivo no alto do Inverno –
Calmamente, sem me queixar, como quem meramente aceita,
E encontra uma alegria no facto de aceitar –
No facto sublimemente científico e difícil de aceitar o natural
inevitável.

Que são para mim as doenças que tenho e o mal que me
acontece
Senão o Inverno da minha pessoa e da minha vida?
O Inverno irregular, cujas leis de aparecimento desconheço,
Mas que existe para mim em virtude da mesma fatalidade sublime,
Da mesma inevitável exterioridade a mim,
Que o calor da terra no alto do Verão
E o frio da terra no cimo do Inverno.

Aceito por personalidade.
Nasci sujeito como os outros a erros e defeitos,
Mas nunca ao erro de querer compreender demais,
Nunca ao erro de querer compreender só com a inteligência.
Nunca ao defeito de exigir do Mundo
Que fosse qualquer coisa que não fosse o Mundo.

24.10.1917

20

Wenn das Gras über meinem Grabe sprießt,
wird es Zeit, daß ihr mich völlig vergeßt.
Die Natur erinnert sich nie, und darum ist sie schön.
Und wenn ihr den krankhaften Drang verspürt, das grüne Gras
auf meinem Grabe zu deuten,
so sagt, daß ich weitergrüne und weiter natürlich bin.

21

Wenn es kalt ist zur Zeit der Kälte, so ist es für mich, als wäre es
angenehm,
weil mein Wesen, das dem Dasein der Dinge entspricht,
das Natürliche angenehm findet, nur weil es natürlich ist.

Ich bejahe die Mühsal des Lebens, weil sie schicksalhaft ist,
so wie ich die übermäßige Kälte im tiefen Winter bejahe,
still und ohne zu klagen, wie einer nur ja sagt
und in der Tatsache des Bejahens Freude findet –
in der großartig schwierigen, wissenschaftlichen Tatsache, das
Natürliche als unabänderlich hinzunehmen.

Was sind für mich Krankheiten und das Böse, das mir zustößt, anderes
als der Winter meiner Person und meines Lebens?
Der unregelmäßige Winter, dessen Erscheinungsgesetze mir nicht
vertraut sind,
der mir jedoch genauso erhaben verhängt ist,
ebenso unabhängig von mir
wie die Hitze der Erde im hohen Sommer
und die Kälte der Erde im tiefen Winter.

Ich bejahe das aus Persönlichkeit.
Ich kam zur Welt wie andere Menschen, Fehlern und Irrtümern
unterworfen,
aber niemals dem Irrtum, zu viel begreifen zu wollen,
niemals dem Irrtum, nur mit dem Verstande verstehen zu wollen,
niemals dem Fehler, von der Welt zu verlangen,
sie solle anderes sein als die Welt.

22

Seja o que for que esteja no centro do Mundo,
Deu-me o mundo exterior por exemplo de Realidade,
E quando digo «isto é real», mesmo de um sentimento,
Vejo-o sem querer em um espaço qualquer exterior,
Vejo-o com uma visão qualquer fora e alheio a mim.

Ser real quer dizer não estar dentro de mim.
Da minha pessoa de dentro não tenho noção de realidade.
Sei que o mundo existe, mas não sei se existo.
Estou mais certo da existência da minha casa branca
Do que da existência interior do dono da casa branca.
Creio mais no meu corpo do que na minha alma,
Porque o meu corpo apresenta-se no meio da realidade.
Podendo ser visto por outros,
Podendo tocar em outros,
Podendo sentar-se e estar de pé,
Mas a minha alma só pode ser definida por termos de fora.
Existe para mim — nos momentos em que julgo que efectiva-
mente existe —
Por um empréstimo da realidade exterior do Mundo.

Se a alma é mais real
Que o mundo exterior, como tu, filósofo, dizes,
Para que é que o mundo exterior me foi dado como tipo da
realidade?
Se é mais certo eu sentir
Do que existir a coisa que sinto —
Para que sinto
E para que surge essa coisa independentemente de mim
Sem precisar de mim para existir,
E eu sempre ligado a mim-próprio, sempre pessoal e intransmissível?
Para que me movo com os outros
Em um mundo em que nos entendemos e onde coincidimos
Se por acaso esse mundo é o erro e eu é que estou certo?
Se o Mundo é um erro, é um erro de toda a gente.
E cada um de nós é o erro de cada um de nós apenas.
Coisa por coisa, o Mundo é mais certo.

22

Was auch immer im Mittelpunkte der Welt sein mag,
es gab mir die äußere Welt als Beispiel der Wirklichkeit,
und wenn ich sage: »das hier ist wirklich«, sogar von einem Gefühl,
seh' ich es ungewollt in einem irgendwie äußeren Raume,
seh' es wie abgelöst und mir entfremdet.
Wirklich sein will besagen, daß es nicht in mir ist.
Von meinem inneren Wesen habe ich keine wirkliche Kenntnis.
Ich weiß, daß die Welt vorhanden ist, aber ich weiß nicht, ob ich
vorhanden bin.
Das Vorhandensein meines weißen Hauses ist mir gewisser
als das innre Vorhandensein des Besitzers des weißen Hauses.
Ich glaube mehr an meinen Körper als an meine Seele,
denn mein Körper bietet sich dar inmitten der Wirklichkeit.
Andere können ihn sehen,
andere kann er berühren,
er kann sitzen und stehen,
doch meine Seele kann nur durch äußerliche Begriffe umschrieben werden.
Sie ist für mich – in den Augenblicken, in denen ich meine, sie
sei wirklich vorhanden –
wie eine Leihgabe von der äußeren Wirklichkeit der Welt.

Wenn die Seele wirklicher ist
als die Außenwelt, wie du, Philosoph, behauptest,
warum ward mir die Außenwelt als Muster der Wirklichkeit zugeteilt?

Wenn mein Fühlen gewisser ist
als des gefühlten Dinges Dasein –
warum fühle ich dann,
warum taucht dieses Ding unabhängig von mir auf,
ohne mich für sein Vorhandensein zu benötigen,
warum bin ich dann an mich selber gebunden, immer persönlich
und unübertragbar?
Warum bewege ich mich mit den anderen
in einer Welt, in der wir uns miteinander verständigen,
wenn diese Welt womöglich ein Irrtum ist und ich allein richtig?
Wenn die Welt ein Irrtum ist, wären alle Menschen im Irrtum.
Und jeder von uns nur der Irrtum von jedem von uns.
Wie man es wendet, die Welt ist richtiger.

Mas porque me interrogo, senão porque estou doente?

Nos dias certos, nos dias exteriores da minha vida,
Nos meus dias de perfeita lucidez natural,
Sinto sem sentir que sinto,
Vejo sem saber que vejo,
E nunca o Universo é tão real como então,
Nunca o Universo está (não é perto ou longe de mim,
Mas) tão sublimemente não-meu.

Quando digo «é evidente», quero acaso dizer «só eu é que o vejo«?
Quando digo «é verdade», quero acaso dizer «é minha opinião»?
Quando digo «ali está», quero acaso dizer «não está ali»?
E se isto é assim na vida, porque será diferente na filosofia?
Vivemos antes de filosofar, existimos antes de o sabermos,
E o primeiro facto merece ao menos a precedência e o culto.
Sim, antes de sermos interior somos exterior.
Por isso somos exterior essencialmente.

Dizes, filósofo doente, filósofo enfim, que isto é materialismo.
Mas isto como pode ser materialismo, se materialismo é uma filosofia,
Se uma filosofia seria, pelo menos sendo minha, uma filosofia minha,
E isto nem sequer é meu, nem sequer sou eu?

23

Pouco me importa.
Pouco me importa o quê? Não sei: pouco me importa.

24.10.1917

Doch warum frage ich mich; sollte ich krank sein?

An den richtigen Tagen, den äußeren Tagen meines Lebens,
an den Tagen vollkommener und natürlicher Geistesklarheit
fühle ich, ohne zu fühlen, daß ich fühle,
sehe ich, ohne zu wissen, daß ich sehe,
und nie ist das Weltall so wirklich wie dann,
nie ist das Weltall (nicht nah und nicht fern von mir,
doch) auf so erhabene Weise nicht-mein.

Wenn ich sage: »das ist klar«, will ich etwa sagen: »nur ich kann
es sehen?«
Wenn ich sage: »das ist Wahrheit«, will ich etwa sagen: »es ist
meine Meinung?«
Wenn ich sage: »da ist es«, will ich etwa sagen: »da ist es nicht?«
Wenn es so ist im Leben, warum soll es anders sein in der Philosophie?
Wir leben, ehe wir philosophieren, wir sind vorhanden, bevor wir
es wissen,
und das, was eher da ist, verdient den Vorzug und die Verehrung.
Ja, denn bevor wir innerlich sind, sind wir äußerlich.
Deshalb sind wir dem Wesen nach äußerlich.

Du sagst, kranker Denker, das sei Materialismus.
Aber wie kann dies Materialismus sein, wenn der Materialismus
eine Philosophie ist,
wenn eine Philosophie, zumindest wenn es die meinige ist, nur
meine eigene Philosophie sein kann,
und dies hier nicht einmal mein ist und ich es auch nicht bin?

23

Wenig kümmert mich.
Wenig kümmert mich was? Ich weiß es nicht: wenig kümmert mich.

24

A guerra, que aflige com os seus esquadrões o Mundo,
É o tipo perfeito do erro da filosofia.

A guerra, como tudo humano, quer alterar.
Mas a guerra, mais do que tudo, quer alterar e alterar muito
E alterar depressa.

Mas a guerra inflige a morte.
E a morte é o desprezo do Universo por nós.
Tendo por consequência a morte, a guerra prova que é falsa.
Sendo falsa, prova que é falso todo o querer-alterar.

Deixemos o universo exterior e os outros homens onde a Natureza os pôs.

Tudo é orgulho e inconsciência.
Tudo é querer mexer-se, fazer coisas, deixar rasto.
Para o coração e o comandante dos esquadrões
Regressa aos bocados o universo exterior.

A química directa da Natureza
Não deixa lugar vago para o pensamento.

A humanidade é uma revolta de escravos.
A humanidade é um governo usurpado pelo povo.
Existe porque usurpou, mas erra porque usurpar é não ter direito.

Deixai existir o mundo exterior e a humanidade natural!
Paz a todas as coisas pré-humanas, mesmo no homem!
Paz à essência inteiramente exterior do Universo!

24.10.1917

24

Der Krieg, der mit seinen Heeren die Welt verwüstet,
ist das Idealbild des philosophischen Irrtums.

Der Krieg will verändern wie alles menschliche Tun.
Aber der Krieg will mehr als alles verändern und stark verändern
und rasch verändern.

Doch der Krieg bringt den Tod mit sich.
Und der Tod ist die Verachtung des Weltalls uns gegenüber.
Da er Tod bringt, so beweist der Krieg, daß er falsch ist.
Da er falsch ist, beweist er, daß jeder Wille zur Änderung falsch ist.

Lassen wir doch das äußere Weltall und die anderen Menschen,
wo die Natur sie beließ.

Alles ist Stolz und Unüberlegtheit.
Alles ist ein Sich-rühren-, Dinge-tun-, Spur-hinterlassen-Wollen.
Für das Herz und den Kommandanten der Schwadronen
kehrt stückweise das äußere Weltall wieder.

Die unmittelbare Chemie der Natur
läßt keinen Leerraum für das Denken.

Die Menschheit ist eine Sklavenrevolte.
Die Menschheit ist eine gewaltsam vom Volk übernommene
Regierung.
Sie ist da, weil sie gewaltsam begründet wurde, aber sie irrt, weil
die Gewalt keine Rechte verleiht.

Laßt die Außenwelt und die natürliche Menschheit in Ruhe dasein!
Friede sei allen vormenschlichen Dingen, auch im Menschen!
Friede sei dem vollkommenen äußeren Wesen des Weltalls!

25

Ah! querem uma luz melhor que
a do Sol!
Querem prados mais verdes do que estes!
Querem flores mais belas do que estas
que vejo!
A mim este Sol, estes prados, estas flores
contentam-me.
Mas, se acaso me descontentam,
O que quero é um sol mais sol
que o Sol.
O que quero é prados mais prados
que estes prados,
O que quero é flores mais estas flores
que estas flores —
Tudo mais ideal do que é do mesmo modo e da mesma maneira.

12.4.1919

26

Gozo os campos sem reparar para eles.
Perguntas-me porque os gozo.
Porque os gozo, respondo.
Gozar uma flor é estar ao pé dela inconscientemente
E ter uma noção do seu perfume nas nossas ideias mais apagadas.
Quando reparo, não gozo: vejo.
Fecho os olhos, e o meu corpo, que está entre a erva,
Pertence inteiramente ao exterior de quem fecha os olhos —
A dureza fresca da terra cheirosa e irregular;
E alguma coisa dos ruídos indistintos das coisas a existir,
E só uma sombra encarnada de luz me carrega levemente nas órbitas,
E só um resto de vida ouve.

20.4.1919

25

So! Ihr verlangt ein besseres Licht
als das der Sonne!
Ihr wollt grünere Wiesen als diese!
Ihr wollt schönere Blumen als diese!
Mich befriedigen diese Sonne und diese Wiesen
und diese Blumen.
Aber wenn sie mir einmal mißfallen,
so will ich dies: eine Sonne, mehr Sonne
als diese Sonne,
Wiesen, mehr Wiesen als diese Wiesen,
Blumen, mehr Blumen
als diese Blumen –
alles noch idealer als es schon ist, auf dieselbe Art, auf dieselbe Weise!

26

Ich erfreue mich an den Feldern, ohne auf sie zu achten.
Du fragst mich, warum ich mich an ihnen freue.
Weil ich mich an ihnen freue, ist meine Antwort.
Sich freuen an einer Blume, heißt unbewußt bei ihr sein
und selbst beim geringsten Gedanken ein Wissen um ihren Duft besitzen.
Wenn ich achtgebe, so genieße ich nicht: ich sehe.
Schließ' ich die Augen, gehört mein im Grase liegender Leib
gänzlich der Außenwelt –
der frischen Härte der duftenden, ungeebneten Erde;
und ein verschwommenes Geräusch der vorhandenen Dinge,
und ein lichtgetönter Schatten lastet auf meinen Augenhöhlen,
und nur ein Funke meines Lebens hört.

27

Vive, dizes, no presente;
Vive só no presente.

Mas eu não quero o presente, quero a realidade;
Quero as coisas que existem, não o tempo que as mede.

O que é o presente?
É uma coisa relativa ao passado e ao futuro.
É uma coisa que existe em virtude de outras coisas existirem.
Eu quero só a realidade, as coisas sem presente.

Não quero incluir o tempo no meu esquema.
Não quero pensar nas coisas como presentes; quero pensar nelas como coisas.
Não quero separá-las de si-próprias, tratando-as por presentes.

Eu nem por reais as devia tratar.
Eu não as devia tratar por nada.

Eu devia vê-las, apenas vê-las;
Vê-las até não poder pensar nelas,
Vê-las sem tempo, nem espaço,
Ver podendo dispensar tudo menos o que se vê.
É esta a ciência de ver, que não é nenhuma.

28

Hoje de manhã saí muito cedo,
Por ter acordado ainda mais cedo
E não ter nada que quisesse fazer...

Não sabia porque caminho tomar
Mas o vento soprava forte, varria para um lado,
E segui o caminho para onde o vento me soprava nas costas.

27

Leb in der Gegenwart, sagst du;
lebe ganz in der Gegenwart!

Aber ich will nicht Gegenwart, ich will Wirklichkeit;
ich will die vorhandenen Dinge und nicht die Zeit, die sie mißt.

Was ist denn die Gegenwart?
Sie ist auf Vergangenes und auf Zukünft'ges bezogen.
Sie ist vorhanden, weil andere Dinge vorhanden sind.
Ich will nur die Wirklichkeit, die Dinge ohne die Gegenwart.

Ich will nicht die Zeit in mein Schema einbeziehn.
Ich will nicht an die Dinge als gegenwärtige denken; ich will
an sie denken als Dinge.
Ich will sie nicht von sich selber trennen und als gegenwärtige
ansehen.

Ich dürfte sie nicht einmal als wirkliche ansehen.
Ich dürfte sie überhaupt nicht als etwas ansehen.

Ich müßte sie sehen, nur sehen;
sie sehen, bis ich nicht mehr an sie denken kann,
sie zeitlos und raumlos sehen,
sehen und alles entbehren können außer dem Sichtbaren.
Dies ist die Wissenschaft vom Sehen, die keine Wissenschaft ist.

28

Heute morgen ging ich sehr früh aus dem Hause,
weil ich noch früher aufgewacht war
und nichts Besonderes tun wollte . . .

Ich wußte nicht, welchen Weg einschlagen,
doch der Wind blies heftig, fegte in eine Richtung,
und ich folgte dem Weg, auf dem mir der Wind in den Rücken blies.

Assim tem sido sempre a minha vida, e
Assim quero que possa ser sempre –
Vou onde o vento me leva e não me
Sinto pensar.

30.6.1930

29

Primeiro prenúncio de trovoada de depois de amanhã.
As primeiras nuvens, brancas, pairam baixas no céu mortiço,
Da trovoada de depois de amanhã?
Tenho a certeza, mas a certeza é mentira.
Ter certeza é não estar vendo.
Depois de amanhã não há.
O que há é isto:
Um céu azul, um pouco baço, umas nuvens brancas no horizonte,
Com um retoque de sujo em baixo como se viesse negro depois.
Isto é o que hoje é,
E, como hoje por enquanto é tudo, isto é tudo.
Quem sabe se eu estarei morto depois de amanhã?
Se eu estiver morto depois de amanhã, a trovoada de depois de amanhã
Será outra trovoada do que seria se eu não tivesse morrido.
Bem sei que a trovoada não cai da minha vista,
Mas se eu não estiver no mundo,
O mundo será diferente –
Haverá eu a menos –
E a trovoada cairá num mundo diferente e não será a mesma trovoada.

10.7.1930

So ist mein Leben allzeit verlaufen,
so, will ich, soll es allezeit sein –
ich gehe, wohin mich der Wind treibt,
und gehe, ohne zu denken.

29

Erste Anzeichen des Gewitters von übermorgen.
Die ersten weißen Wolken schweben tief am fahlen Himmel,
fahl vom Gewitter von übermorgen?
Ich bin davon überzeugt, aber die Überzeugung trügt.
Überzeugtsein heißt noch nicht sehen.
Es gibt kein Übermorgen.
Nur dies: einen Himmel in dunstiger Bläue und weiße Wolken am Horizont
auf düsterem Untergrund, der jederzeit schwarz werden kann.
Das ist es, was heute da ist,
und da dies heute im Augenblick alles ist, so ist dies alles.
Wer weiß, ob ich nicht übermorgen gestorben bin?
Wenn ich übermorgen gestorben bin, so ist das Gewitter von übermorgen
ein andres Gewitter als wenn ich noch lebte.
Wohl weiß ich, nicht meinetwegen geht das Gewitter nieder,
aber wenn ich nicht mehr auf der Welt bin,
ist die Welt eine andere –
fehl' ich in ihr –
und das Gewitter geht nieder in einer anderen Welt und ist nicht das gleiche Gewitter.

30

Também sei fazer conjecturas.
Há em cada coisa aquilo que ela é que a anima.
Na planta está por fora e é uma ninfa pequena.
No animal é um ser interior longínquo.
No homem é a alma que vive com ele e é já ele.
Nos deuses tem o mesmo tamanho
E o mesmo espaço que o corpo
E é a mesma coisa que o corpo.
Por isso se diz que os deuses nunca morrem.
Por isso os deuses não têm corpo e alma,
Mas só corpo e são perfeitos.
O corpo é que lhes é alma
E têm a consciência na própria carne divina.

31

A neve pôs uma toalha calada sobre tudo.
Não se sente senão o que se passa dentro de casa.
Embrulho-me num cobertor e não penso sequer em pensar.
Sinto um gozo de animal e vagamente penso,
E adormeço sem menos utilidade que todas as acções do mundo.

32

É talvez o último dia da minha vida.
Saudei o Sol, levantando a mão direita,
Mas não o saudei, dizendo-lhe adeus,
Fiz sinal de gostar de o ver antes: mais nada.

30

Auch ich verstehe mich auf Vermutungen.
In jedem Dinge ruht das, was es ist, und verleiht ihm Leben.
In der Pflanze liegt's außen und ist eine kleine Nymphe.
Im Tier ruht ein fernes, inneres Wesen.
Im Menschen die Seele, die in ihm lebt und er selbst ist.
Bei den Göttern besitzt es einerlei Maß
und denselben Raum wie der Körper
und stimmt zusammen mit diesem Körper.
Darum sagt man, die Götter sterben nie.
Darum haben die Götter nicht Leib und Seele,
sondern nur Leib und sind doch vollkommen.
Der Leib dient ihnen als Seele
und das Bewußtsein, sie tragen's im eigenen göttlichen Fleisch.

31

Der Schnee hat alles mit einem Tuche des Schweigens bedeckt.
Hörbar ist nur, was drinnen im Hause vorgeht.
Ich hüll' mich in eine Decke und denke nicht einmal ans Denken.
Ich fühle mich tierhaft und grübele vor mich hin
und sinke in Schlaf, und das ist nicht weniger nützlich als alle
Taten der Welt.

32

Vielleicht ist heute mein letzter Lebenstag.
Ich hob die rechte Hand und grüßte die Sonne,
aber ich grüßte sie nicht, um Abschied zu nehmen,
sondern zum Zeichen, daß es mir lieb war, sie vorher zu
sehen: sonst nichts.

O Pastor amoroso

Der verliebte Hirte

I

Quando eu não te tinha
Amava a Natureza como um monge calmo a Cristo...
Agora amo a Natureza
Como um monge calmo à Virgem Maria,
Religiosamente, a meu modo, como dantes,
Mas de outra maneira mais comovida e próxima...
Vejo melhor os rios quando vou contigo
Pelos campos até à beira dos rios;
Sentado a teu lado reparando nas nuvens
Reparo nelas melhor –
Tu não me tiraste a Natureza...
Tu mudaste a Natureza...
Trouxeste-me a Natureza para o pé de mim,
Por tu existires vejo-a melhor, mas a mesma.
Por tu me amares, amo-a do mesmo modo, mas mais.
Por tu me escolheres para te ter e te amar,
Os meus olhos fitaram-na mais demoradamente
Sobre todas as cousas.
Não me arrependo do que fui outrora
Porque ainda o sou.

6.7.1914

2

Vai alta no céu a lua da Primavera.
Penso em ti e dentro de mim estou completo.

Corre pelos vagos campos até mim uma brisa ligeira.
Penso em ti, murmuro o teu nome; e não sou eu: sou feliz.

Amanhã virás, andarás comigo a colher flores pelo campo,
E eu andarei contigo pelos campos ver-te colher flores.

I

Als du nicht bei mir warst,
liebte ich die Natur wie ein stiller Mönch Christus . . .
Nun liebe ich die Natur
wie ein stiller Mönch die Jungfrau Maria,
andächtig wie zuvor, auf meine Weise,
doch anders, bewegter und näher . . .
Ich sehe die Ströme besser, wenn ich mit dir
über die Felder zum Ufer der Ströme gehe;
an deiner Seite sitzend und in die Wolken blickend,
achte ich besser auf sie . . .
Du entzogst mir nicht die Natur . . .
Du brachtest mir die Natur ganz nahe,
weil du lebst, seh' ich sie besser und doch als dieselbe,
weil du mich liebst, liebe ich sie auf die gleiche Weise, doch stärker,
weil du mich erwähltest, um dich zu lieben und dich zu haben,
hafteten meine Augen länger
vor allen anderen Dingen an ihr.
Ich bereue nicht den, der ich einstmals war,
weil ich es immer noch bin.

2

Hoch am Himmel zieht der Frühlingsmond.
Ich denke an dich und ruhe erfüllt in mir.

Über die vagen Felder streift eine leichte Brise zu mir herüber.
Ich denke an dich: ich murmele deinen Namen; ich bin nicht ich:
ich bin glücklich.

Morgen kommst du und gehst mit mir Blumen pflücken über das Feld,
und ich schreite mit dir durch die Felder, um zuzusehen, wie du
Blumen pflückst.

Eu já te vejo amanhã a colher flores comigo pelos campos,
Pois quando vieres amanhã e andares comigo no campo a colher flores,
Isso será uma alegria e uma verdade para mim.

6.7.1914

3

O amor é uma companhia.
Já não sei andar só pelos caminhos,
Porque já não posso andar só.
Um pensamento visível faz-me andar mais depressa
E ver menos, e ao mesmo tempo gostar bem de ir vendo tudo.
Mesmo a ausência dela é uma cousa que está comigo.
E eu gosto tanto dela que não sei como a desejar.
Se a não vejo, imagino-a e sou forte como as árvores altas.
Mas se a vejo, tremo, não sei o que é feito do que sinto na ausência dela.
Todo eu sou qualquer força que me abandona.
Toda a realidade olha para mim como um girassol com a cara dela no meio.

10.7.1930

4

O pastor amoroso perdeu o cajado,
E as ovelhas tresmalharam-se pela encosta.
E, de tanto pensar, nem tocou a flauta que trouxe para tocar.
Ninguém lhe apareceu ou desapareceu. Nunca mais encontrou o cajado.
Outros, praguejando contra ele, recolheram-lhe as ovelhas,
Ninguém o tinha amado, afinal.

Ich seh' dich schon morgen mit mir auf den Feldern Blumen pflücken,
denn wenn du morgen kommst und mit mir über das Feld gehst
und Blumen pflückst,
ist dies Freude und Wahrheit für mich.

3

Liebe ist ein Begleitetwerden.
Nun mag ich nicht mehr allein über die Wege gehen,
weil ich nicht mehr allein gehen kann.
Ein Gedankenbild läßt mich schneller gehen
und weniger sehen, und gleichzeitig daran Freude haben, alles zu sehen
Selbst ihre Abwesenheit ist etwas, was bei mir ist.
Und sie ist mir so lieb, daß ich nicht weiß, wie ich sie begehren soll.
Seh' ich sie nicht, so steht sie vor meinen Augen, und ich bin
stark wie die hohen Bäume,
seh' ich sie aber, so erbebe ich und weiß nicht mehr, was ich
vordem fühlte, als sie abwesend war.
Ich bin eine Kraft, die mir abhandenkommt.
Die ganze Wirklichkeit schaut mich an wie eine Sonnen-
blume, ihr Antlitz in der Mitte.

4

Der verliebte Hirte verlor seinen Hirtenstab,
und die Schafe verstreuten sich über den Hang,
vor lauter Grübeln spielte er nicht auf der Flöte, die er zum
Spielen mitgebracht.
Niemand erschien ihm oder entschwand. Nie fand er den Hirten-
stab wieder.
Andre verwünschten ihn und sammelten seine Schafe ein.
Im Grunde hatte ihn niemand geliebt.

Quando se ergueu da encosta e da verdade falsa, viu tudo:
Os grandes vales cheios dos mesmos verdes de sempre,
As grandes montanhas longe, mais reais que qualquer sentimento,
A realidade toda, com o céu e o ar e os campos que existem, estão presentes.
(E de novo o ar, que lhe faltara tanto tempo, lhe entrou fresco nos pulmões)
E sentiu que de novo o ar lhe abria, mas com dor, uma liberdade no peito.

10.7.1930

5

Passei toda a noite, sem dormir, vendo, sem espaço, a figura dela,
E vendo-a sempre de maneiras diferentes do que a encontro a ela.
Faço pensamentos com a recordação do que ela é quando me fala,
E em cada pensamento ela varia de acordo com a sua semelhança.
Amar é pensar.
E eu quase que me esqueço de sentir só de pensar nela.
Não sei bem o que quero, mesmo dela, e eu não penso senão nela.
Tenho uma grande distracção animada.
Quando desejo encontrá-la
Quase que prefiro não a encontrar,
Para não ter que a deixar depois.
Não sei bem o que quero, nem quero saber o que quero. Quero só
Pensar nela.
Não peço nada a ninguém, nem a ela, senão pensar.

10.7.1930

Als er vom Abhang und von der falschen Wahrheit aufstand, gewahrte er alles:
die großen Täler erfüllt von ewigem Grün,
die großen Berge in der Ferne, wirklicher als Gefühle,
die ganze Wirklichkeit, Himmel und Luft und Felder.
(Und die Luft, die er lange entbehrt, drang ihm frisch in die Lungen.)
Und er spürte, wie ihm die Luft unter Schmerzen von neuem die Brust befreite.

5

Schlaflos verbracht' ich die ganze Nacht und raumlos sah ich ihr Bild vor mir,
und immer war es mir neu und unbekannt.
Ich sinne nach über das, was sie ist, wenn sie zu mir redet,
und bei jedem Gedanken verwandelt sie sich und bleibt sich doch ähnlich.
Lieben heißt denken.
Fast vergess' ich zu fühlen, weil ich immerfort an sie denke.
Kaum weiß ich, was ich will oder was ich von ihr will, und doch denke ich nur an sie.
Es ist ein launischer Zeitvertreib.
Wenn ich ihr zu begegnen wünsche,
wäre es mir beinahe lieber, ihr nicht zu begegnen,
um sie nicht später verlassen zu müssen.
Kaum weiß ich, was ich will; was ich will, will ich gar nicht wissen. Ich will nur an sie denken.
Ich will nichts, von niemandem, auch nicht von ihr, ich will nur an sie denken.

6

Todos os dias agora acordo com alegria e pena.
Antigamente acordava sem sensação nenhuma; acordava.
Tenho alegria e pena porque perco o que sonho
E posso estar na realidade onde está o que sonho.
Não sei o que hei-de fazer das minhas sensações.
Não sei o que hei-de ser comigo sozinho.
Quero que ela me diga qualquer coisa para eu acordar de novo.

23.7.1930

6

Alle Tage erwache ich jetzt mit Freude und Schmerz.
Früher erwachte ich ohne eine Empfindung; ich wachte auf.
Ich spüre Freude und Schmerz, weil ich verliere, wovon ich träume,
und in der Wirklichkeit sein kann, wo das Geträumte ist.
Ich weiß nicht, was ich aus meinen Empfindungen machen soll.
Ich weiß nicht, was ich mit mir allein sein soll.
Ich wünschte, sie möge mir etwas sagen, damit ich von neuem
erwachen kann.

Álvaro de Campos

Aufzeichnungen zur Erinnerung an meinen Meister Alberto Caeiro

Meinen Meister Caeiro habe ich unter besonderen Umständen kennengelernt — alle Lebensumstände sind besondere, vor allem diejenigen, die an und für sich nichts bedeuten und durch ihre Auswirkungen unendlich viel.

Ich hatte mein Studium als Schiffsingenieur in Schottland zu drei Vierteln abgeschlossen und eine Orientreise unternommen; auf der Rückreise ging ich in Marseille an Land und fuhr, weil mir die Fortsetzung der Schiffsreise zu langweilig wurde, auf dem Landweg nach Lissabon. Eines Tages nun nahm mich ein Vetter auf eine Fahrt in die Provinz Ribatejo mit; er kannte einen Vetter von Caeiro und stand mit ihm in geschäftlicher Verbindung. Ich lernte den Mann, der mein Meister werden sollte, im Hause dieses Vetters kennen. Weiter ist nichts zu berichten; es ist wenig wie alles, was folgenreich ist.

Ich seh' ihn noch immer vor mir mit jener seelischen Klarheit, die nicht von den Tränen der Erinnerung getrübt wird, weil dieses Sehen kein äußerliches ist . . . Ich sehe ihn immer noch vor mir und werde ihn wohl für alle Zeiten so sehen, wie ich ihn zum erstenmal sah. Blaue, furchtlose Kinderaugen; etwas hervortretende Backenknochen, ziemlich blasse Hautfarbe, sein ganzes Aussehen sonderbar griechisch, von innen bestimmt, dazu eine Ruhe, die weder vom Ausdruck seines Gesichtes noch von den einzelnen Gesichtszügen herrührte. Das ziemlich volle Haar war blond, schimmerte aber bei spärlichem Lichte bräunlich. Seine Gestalt war mittelgroß, fast groß, und leicht gebeugt. Seine Stimme war ebenmäßig und hatte den Tonfall eines Mannes, der nur das sagen will, was er gerade sagt, nicht hoch und nicht tief, klar und frei von Hintergedanken, Hemmungen und Schüchternheit. Die blauen Augen sahen immerfort den Besucher an. Wenn etwas seltsam anzusehen war, so war es dies: seine Stirn war zwar nicht hoch, aber von einem machtvollen Weiß. Ich wiederhole: ihrer Weiße, die größer wirkte als die des blassen Gesichtes, verdankte sie ihre imponierende Würde. Die Hände waren schlank, aber nicht überschlank, die Handflächen breit. Auf seinem Munde — auf den man zu allerletzt achtete, als ob es für diesen Mann weniger wichtig sei zu reden als einfach da zu sein — lag ein Lächeln, wie man es in Gedichten den unbelebten Dingen zuschreibt, die nur darum schön sind, weil sie uns gefallen: Blumen, weiten Feldern, besonnten Gewässern — ein Lächeln des einfachen Daseins, nicht des mit anderen Redens.

Mein Meister, mein allzu früh verlorener Meister! Ich sehe ihn wieder in dem Schatten, der in mir ist, in der Erinnerung, die ich von dem bewahre, was doch längst abgestorben ist . . .

Es war während unseres ersten Gespräches. Ich weiß nicht mehr, wie es kam; auf einmal sagte er: »Hier ist ein junger Mann namens Ricardo Reis, den Sie sicher gern kennenlernen werden; er ist ganz anders als Sie.« Und er fügte hinzu: »Alles ist anders als wir, und darum ist alles da.«

Dieser Satz, den er so herausbrachte, als ob es ein Axiom der Erde wäre, erschütterte mich und drang in den Grund meiner Seele ein. Ich spürte eine neue Empfindungswelle in mir, die ich bis dahin nicht gekannt hatte.

Einmal zitierte ich Caeiro mit freundschaftlicher Bosheit die Verse, mit denen Wordsworth einen gefühllosen Menschen kennzeichnet:

A primrose by the river's brim
A yellow primrose was to him,
And it was nothing more.

Ich übersetzte ihm das, indem ich das genaue Wort für primrose ausließ, weil ich keine Pflanzen- und Blumennamen kenne: »Eine Blume am Ufer des Flusses war eine gelbe Blume für ihn und weiter nichts.«

Mein Meister Caeiro lachte: »Dieser Mann hat ganz richtig gesehen; eine gelbe Blume ist wirklich nichts anderes als eine gelbe Blume.«

Doch mit einem Mal wurde er nachdenklich. »Mit einem Unterschied«, fuhr er fort. »Es kommt darauf an, ob man die gelbe Blume als eine der vielen gelben Blumen ansieht oder allein als jene gelbe Blume.«

Dann sagte er: »Der englische Dichter wollte offenbar sagen, daß diese gelbe Blume für den besagten Menschen etwas Bekanntes, eine banale Erfahrung war. Und das stimmt nicht. Alle Dinge, die wir sehen, müssen wir wirklich zum erstenmal sehen, weil es ja tatsächlich das erstemal ist, daß wir sie sehen. Und dann ist jede gelbe Blume eine neue gelbe Blume, auch wenn es dieselbe von gestern ist. Wir sind nicht mehr dieselben und die Blume ebensowenig. Sogar das Gelb kann nicht mehr dasselbe sein. Schade, daß wir nicht Augen haben, um das zu begreifen, denn dann wären wir wirklich glücklich.«

Mein Meister Caeiro war kein Heide; er war das Heidentum.

Ricardo Reis ist ein Heide, ich bin ein Heide; sogar Fernando Pessoa wäre ein Heide, wäre er nicht ein nach innen gewickeltes Garnknäuel. Aber Ricardo Reis ist Heide aus Charakter, ich selbst bin ein Heide aus Rebellion, also aus Temperament. Bei Caeiro gab es keine Erklärung für sein Heidentum; es war eine Wesensentsprechung.

Ich will das näher zu definieren versuchen, wie man unbestimmbare Dinge definiert – mit einem Beispiel. Wenn wir uns mit den Griechen vergleichen, so berührt uns am eindruckvollsten ihr Widerwille gegen das Unendliche, das Fehlen eines Begriffs vom Unendlichen. Eben diese Auffassung hatte auch mein Meister Caeiro. Ich will so getreu wie möglich das bestürzende Gespräch erzählen, in dem sich mir das enthüllte.

In Anknüpfung an ein Gedicht aus dem »Hüter der Herden« erzählte er mir, es habe ihn jemand einen »materialistischen Dichter« genannt. Obwohl ich den Ausdruck nicht richtig fand – denn mein Meister Caeiro läßt sich nicht auf eine noch so richtige Formel bringen –, meinte ich dennoch, diese Bezeichnung sei nicht vollkommen sinnlos. Caeiro hörte mich aufmerksam mit etwas bekümmerter Miene an und sagte auf einmal: »Aber das alles ist doch einfach dumm. Das ist etwas für abgefallene Priester und kann also gar keine Entschuldigung finden.«

In meiner Verblüffung machte ich ihn auf verschiedene Ähnlichkeiten aufmerksam, die zwischen dem Materialismus und seiner Lehre, wenn auch natürlich nicht seiner Dichtung, bestehen. Caeiro protestierte. »Was Sie Dichtung nennen, ist ja doch alles. Und es ist nicht einmal Dichtung: es ist ein Sehen. Die Materialisten sind blind. Die Materialisten behaupten, der Raum sei unendlich. Aber wo haben diese Leute das im Raume gesehen?«

Ich erwiderte ihm erstaunt: »Halten Sie den Raum nicht für unendlich? Können Sie den Raum nicht für unendlich halten?«

»Ich halte überhaupt nichts für unendlich. Wie sollte ich etwas für unendlich halten können?«

»Stellen Sie sich einen Raum vor«, sagte ich. »Jenseits dieses Raumes liegt ein neuer Raum, dahinter ein weiterer, dann wieder einer und noch einer und so ins Unendliche weiter . . .«

»Warum denn?« fragte mein Meister Caeiro.

Es erschütterte mich tief. »Dann nehmen Sie also an, er sei zu Ende«, rief ich. »Was kommt dahinter?«

»Wenn er zu Ende ist, kommt gar nichts mehr«, entgegnete er.

Diese ausgesprochen kindliche Argumentationsweise verschlug mir für Augenblicke die Sprache.

»Aber verstehen Sie das denn wirklich?« brachte ich schließlich heraus.

»Was denn? Daß ein Ding begrenzt ist? Nun, ganz gewiß verstehe ich das. Was keine Grenzen hat, existiert nicht. Existieren heißt ja doch eben, daß auch irgend etwas anderes da ist und daß deshalb alles begrenzt ist. Ist es denn so schwer zu begreifen, daß ein Ding ein Ding ist und nicht immerzu ein andres, das jenseits von ihm liegt?«

In diesem Augenblick fühlte ich, daß ich nicht mit einem anderen Menschen, sondern mit einem anderen Universum diskutierte. Ich unternahm einen letzten Versuch.

»Nehmen Sie die Zahlen, Caeiro . . . Wo hören die Zahlen auf? Nehmen Sie irgendeine Zahl, beispielsweise 34. Dahinter kommen 35, 36, 37, 38 und so ununterbrochen weiter. Da ist keine große Zahl, die nicht eine größere hinter sich hätte . . .«

»Aber das sind nur Zahlen«, protestierte mein Meister Caeiro. Und dann sagte er und sah mich mit großartiger Kindlichkeit an: »Was ist denn die 34 in der Wirklichkeit?«

Es gibt spontan gesagte Sätze, die aus der Tiefe kommen und einen ganzen Menschen definieren oder mit denen sich, besser gesagt, ein Mensch ohne Definition definiert. Nie werde ich den Satz vergessen, mit dem sich mir Ricardo Reis einmal definiert hat. Es war vom Lügen die Rede; da sagte er: »Ich verabscheue die Lüge, weil sie eine Ungenauigkeit ist.« Der ganze Ricardo Reis — der vergangene, gegenwärtige und künftige — steckt in diesem Satz.

Weil mein Meister Caeiro nur das sagte, was er auch war, kann man ihn mit jedem seiner geschriebenen oder gesprochenen Worte definieren, vor allem seit der Zeit, die in der Mitte des ›Hirten‹ beginnt. Aber unter den vielen Sätzen, die er schrieb und drucken ließ, zeigt ihn am schlichtesten ein Satz, den er einmal in Lissabon zu mir sagte. Wir sprachen über die Beziehungen des einzelnen zu sich selbst. Ich stellte meinem Meister die Frage: »Sind Sie mit sich zufrieden?« Und erhielt zur Antwort: »Nein. Ich bin zufrieden.« Das klang wie die Stimme der Erde, die alles und niemand ist.

Nie sah ich meinen Meister Caeiro traurig. Ich weiß nicht, ob er traurig war, als er starb oder kurz vor dem Tode stand. Man könnte das zwar in Erfahrung bringen, aber ich habe es nie gewagt, diejenigen, die seinem Sterben beiwohnten, nach seinem Tod und der Art seines Sterbens zu fragen.

Auf jeden Fall war es Kummer der meines Lebens – ein echter Kummer inmitten so vieler anderer, die nur Selbsttäuschung waren – daß Caeiro starb, ohne daß ich bei ihm war. Das ist dumm, aber menschlich, und so ist es nun einmal.

Ich war in England. Auch Ricardo Reis war nicht in Lissabon; er war nach Brasilien zurückgekehrt. Fernando Pessoa war zwar da, aber das ist dasselbe, als ob er nicht dagewesen wäre. Fernando Pessoa fühlt zwar die Dinge, aber er rührt sich nicht, nicht einmal innerlich.

Nichts kann mich darüber trösten, daß ich an jenem Tage nicht in Lissabon war, außer dem Trost, den mir jeder Gedanke an meinen Meister Caeiro ungewollt gibt. Im Andenken an Caeiro oder seine Verse ist niemand untröstlich; sogar die Vorstellung des Nichts – die schlimmste von allen, wenn man mit der Sensibilität denkt – hat in Werk und Erinnerung meines geliebten Meisters etwas Hohes und Leuchtendes – wie die Sonne über dem Firnschnee der unerreichbaren Gipfel.

Ricardo Reis · Oden

Frederico Reis: Betrachtungen über die Dichtung von Ricardo Reis

Auf ein trauriges Epikureertum läuft die ganze Philosophie des Werkes von Ricardo Reis hinaus. Versuchen wir, sie zusammenzufassen.

Jeder von uns – meint der Dichter – muß sein eigenes Leben leben, sich von den Mitmenschen isolieren und nur das anstreben, innerhalb individualistischer Nüchternheit, was ihm gefällt und Vergnügen bereitet. Er soll nicht nach heftigen Genüssen streben und auch nicht vor schmerzlichen Empfindungen flüchten, sofern sie nicht extrem sind.

Ein Minimum von Schmerz oder [. . .] anstrebend, soll der Mensch vor allem die Stille, die Ruhe suchen und sich von der Anstrengung und nützlicher Tätigkeit fernhalten.

Diese Lehre erklärt der Dichter als zeitbedingt. Solange die Barbaren (die Christen) herrschen, muß die Haltung der Heiden diese sein. Ist das Reich der Barbaren einmal verschwunden (falls es verschwindet), kann die Haltung eine andere sein. Im Augenblick kann sie nur diese sein.

Wir müssen versuchen, uns die Illusion der Stille, der Freiheit und des Glücks zu verschaffen, unerreichbare Dinge, weil, was die Freiheit angeht, die Götter selbst – über denen das Fatum lastet – sie nicht besitzen; was das Glück anlangt, so kann es nicht finden, wer aus seinem Glauben und aus der Umwelt verbannt ist, wo seine Seele leben sollte; und was die Stille anbetrifft, so kann der sich schwerlich ruhig stellen, der in der verwickelten Angst des heutigen Tages und immer in der Erwartung des Todes lebt. Das tieftraurige Werk von Ricardo Reis ist ein hellbewußter, disziplinierter Versuch, irgendeine Ruhe zu erreichen.

All dies stützt sich auf ein interessantes psychologisches Phänomen: auf einen wirklichen (?) und wahrhaftigen Glauben an die Götter des alten Griechenlands, der Christus [. . .] als einen weiteren Gott, aber sonst nichts weiter zuläßt – ein Gedanke, der mit dem Paganismus von Alberto Caeiro übereinstimmt und vielleicht teilweise von seiner (rein heidnischen) Idee inspiriert worden ist, wonach das Jesuskind »der Gott, der fehlte«, war.

Aus: »Páginas íntimas e de auto-interpretação«

[. . .] Lücken im portugiesischen Original.
(?) Zweifel der Herausgeber an der handschriftlichen Lesart des Originals.

Livro primeiro

Erstes Buch

I

Seguro assento na coluna firme
        Dos versos em que fico,
Nem temo o influxo inúmero futuro
        Dos tempos e do olvido;
Que a mente, quando, fixa, em si contempla
        Os reflexos do mundo,
Deles se plasma torna, e à arte o mundo
        Cria, que não a mente.
Assim na placa o externo instante grava
        Seu ser, durando nela.

29.1.1921

II

As rosas amo dos jardins de Adónis,
Essas volucres amo, Lídia, rosas,
        Que em o dia em que nascem,
        Em esse dia morrem.
A luz para elas é eterna, porque
Nascem nascido já o Sol e acabam
        Antes que Apolo deixe
        O seu curso visível.
Assim façamos nossa vida *um dia,*
Inscientes, Lídia, voluntariamente
        Que há noite antes e após
        O pouco que duramos.

11.7.1914

III

O mar jaz; gemem em segredo os ventos
        Em Éolo cativos;
Só com as pontas do tridente as vastas
        Águas franze Neptuno;

I

Auf meiner Verse sichrer Säule ruhend,
auf der ich überdaure,
flößt mir der künft'gen Zeit und des Vergessens
Andrang doch keine Furcht ein;
denn wenn der Geist den Widerschein der Welt
stetig in sich betrachtet,
wird er zu seinem Plasma und schafft der Kunst die
Welt und nicht den Geist.
So prägt der äuß're Augenblick sein Merkmal
dauerhaft auf die Tafel.

II

Die Rosen lieb' ich aus Adonis' Gärten,
die Flügelrosen, Lydia, die am gleichen
Tage, an dem sie aufblühn,
am gleichen sterben müssen.
Das Licht scheint ihnen ewig, denn sie blühen,
wenn schon die Sonne aufging, und verwelken,
bevor Apollo seine
himmlische Bahn verläßt.
So sei uns unser Leben wie *ein Tag,*
und weigern wir uns, Lydia, zu wissen,
daß vor und nach der kurzen
Frist unsres Dauerns Nacht ist.

III

Das Meer ruht still; die Winde seufzen heimlich,
des Äolus Gefang'ne;
Neptun mit seines Dreizacks Spitzen
kräuselt sanft die Gewässer.

E a praia é alva e cheia de pequenos
Brilhos sob o sol claro.
Inutilmente parecemos grandes.
Nada, no alheio mundo,
Nossa vista grandeza reconhece
Ou com razão nos serve.
Se aqui de um manso mar meu fundo indício
Três ondas o apagam,
Que me fará o mar que na atra praia
Ecoa de Saturno?

6.10.1914

IV

Não consentem os deuses mais que a vida.
Tudo pois refusemos, que nos alce
A irrespiráveis píncaros,
Perenes sem ter flores.
Só de aceitar tenhamos a ciência,
E, enquanto bate o sangue em nossas fontes,
Nem se engelha connosco
O mesmo amor, duremos,
Como vidros, às luzes transparentes
E deixando escorrer a chuva triste,
Só mornos ao sol quente,
E reflectindo um pouco.

17.7.1914

V

Como se cada beijo
Fora de despedida,
Minha Cloe, beijemo-nos, amando.

Der Strand ist weiß und weit und breit ein Glänzen
        unter strahlender Sonne.
Umsonst versuchen wir, groß zu erscheinen.
        Nichts auf dieser fremden Erde
huldigt unserer angemaßten Größe
        und dient uns nach Gebühr.
Wenn schon drei Wellen eines sanften Meeres
        hier meine Spuren löschen,
was wird das Meer mir antun, das an dem schwarzen
        Saturnsgestade echot?

IV

Nur das Leben vergönnen uns die Götter.
Weisen wir alles ab, was uns zu Gipfeln
        erhöbe, ganz ohne Atemluft,
        den ewigen, blumenlosen.
Nur hinzunehmen seien wir kundig,
solange Blut noch pocht in unsren Schläfen,
        abgetan noch für uns nicht
        die Liebe, laßt uns dauern,
wie für Lichtstrahlen durchlässige Gläser,
woran traurig die Regentropfen gleiten,
        lau in der heißen Sonne
        und hin und wieder grübelnd.

V

        Gleich als ob alle Küsse
        Abschied bedeuten müßten,
Küssen wir uns, meine Chloe, in Liebe.

Talvez que já nos toque
No ombro a mão, que chama
À barca que não vem senão vazia;
E que no mesmo feixe
Ata o que mútuos fomos
E a alheia soma universal da vida.

27.11.1923

VI

O ritmo antigo que há em pés descalços,
Esse ritmo das ninfas repetido,
Quando sob o arvoredo
Batem o som da dança,
Vós na alva praia relembrai, fazendo,
Que scura a spuma deixa; vós, infantes,
Que inda não tendes cura
De ter cura, reponde
Ruidosa a roda, enquanto arqueia Apolo,
Como um ramo alto, a curva azul que doura,
E a perene maré
Flui, enchente ou vazante.

9.8.1914

VII

Ponho na altiva mente o fixo esforço
Da altura, e à sorte deixo,
E as suas leis, o verso;
Que, quando é alto e régio o pensamento,
Súbdita a frase o busca
E o scravo ritmo o serve.

Vielleicht berührt uns gleich schon
die Hand die Schulter, die uns
zur immer leer anlangenden Barke abruft;
und die zur gleichen Garbe
bindet, was wir gewesen
in Gegenseitigkeit, und des Lebens Summe.

VI

Den alten Rhythmus der nackten Füße, den die
Nymphen voller Begeisterung wiederholen,
wenn sie unter dunklem Hainlaub
Tanzmusik schallen lassen,
erinnert euch an ihn am weißen Strande,
wo sich durch ihn der Schaum verdunkelt; Kinder,
die ihr euch noch nicht Sorgen
um die Sorgen macht, formt den
geräuschvollen Tanzkreis, während Gott Apollo
wie ein hoher Zweig die blaue Bahn vergoldet
und für ewige Zeit
Flut und Ebbe sich folgen.

VII

Im stolzen Geist den steten Drang zur Höhe,
so weih' ich dem Gesetz
des Zufalls meinen Vers.
Wenn der Gedanke hoch und königlich,
sucht ihn das Wort gefügig,
und sklavisch dient der Rhythmus.

VIII

Quão breve tempo é a mais longa vida
E a juventude nela! Ah! Cloe, Cloe,
Se não amo, nem bebo,
Nem sem querer não penso,
Pesa-me a lei inimplorável, dói-me
A hora invita, o tempo que não cessa,
E aos ouvidos me sobe
Dos juncos o ruído
Na oculta margem onde os lírios frios
Da ínfera leiva crescem, e a corrente
Não sabe onde é o dia,
Sussurro gemebundo.

24.10.1923

IX

Coroai-me de rosas,
Coroai-me em verdade
De rosas –
Rosas que se apagam
Em fronte a apagar-se
Tão cedo!
Coroai-me de rosas
E de folhas breves.
E basta.

12.6.1914

X

Melhor destino que o de conhecer-se
Não frui quem mente frui. Antes, sabendo
Ser nada, que ignorando:
Nada dentro de nada.

VIII

Wie kurze Zeit währt doch das längste Leben
und dieses Lebens Jugend! Chloe, Chloe,
        ohne Lieben und Trinken
        und wider Willen denkend
drückt das Gesetz mich dennoch unerbittlich
und die verhängte Stunde und der Zeitstrom
        und in die Ohren steigt mir
        des Uferschilfrohrs Rauschen
im stillen Winkel, wo die kalten Lilien
der unteren Saaten wachsen, und die Strömung
        nicht weiß, wohin der Tag floh,
        ein seufzendes Gemurmel.

IX

Bekränzt mich mit Rosen,
bekränzt mich in Wahrheit
        mit Rosen –
Rosen, die welken,
auf einer Stirn, die hinwelkt
        so zeitig!
Bekränzt mich mit Rosen
und mit kurzen Blättern.
        Das reicht schon.

X

Besseres Los als Selbsterkenntnis kann,
wer Geist besitzt, nicht hoffen. Besser ist's zu wissen:
        ich bin ein Nichts, als gar nichts
        wissen: ein Nichts im Nichts.

Se não houver em mim poder que vença
As Parcas três e as moles do futuro,
        Já me dêem os deuses
        O poder de sabê-lo;
E a beleza, incriável por meu sestro,
Eu goze externa e dada, repetida
        Em meus passivos olhos,
        Lagos que a morte seca.

21.10.1923

XI

Temo, Lídia, o destino. Nada é certo.
Em qualquer hora pode suceder-nos
        O que nos tudo mude.
Fora do conhecido é estranho o passo
Que próprio damos. Graves numes guardam
        As lindas do que é uso.
Não somos deuses; cegos, receemos,
E a parca dada vida anteponhamos
        À novidade, abismo.

XII

A flor que és, não a que dás, eu quero.
Porque me negas o que te não peço.
        Tempo há para negares
        Depois de teres dado.
Flor, sê-me flor! Se te colher avaro
A mão da infausta esfinge, tu perene
        Sombra errarás absurda,
        Buscando o que não deste.

Wenn keine Kraft mir ward, die Parzen oder
die Riesenlast der Zukunft zu bezwingen,
so mögen mir die Götter
die Kraft der Einsicht leih'n;
die Schönheit, die zu schaffen mir verwehrt ist,
will ich genießen, wie sie sich in meinen
versunkenen Augen spiegelt,
Seen, die der Tod aufsaugt.

XI

Das Schicksal fürcht' ich, Lydia. Nichts ist sicher.
In jeder Stunde kann uns widerfahren,
was uns von Grund auf wandelt.
Jenseits des Bekannten führt in Fremde
der eigne Schritt. Und ernste Mächte hüten
die Schwelle der Gewohnheit.
Wir sind nicht Götter, sollen, Blinden gleich,
den Abgrund fürchten und dem Neuen dieses
kärgliche Leben vorziehn.

XII

Die Blume, die du bist, nicht gibst, sie will ich.
Warum verweigern, was ich nicht erbeten?
Zeit bleibt dir zum Verweigern,
auch nachdem du gegeben.
Blume, sei Blume mir! Wenn dich die Hand der
unsel'gen Sphinx gepflückt, wirst ewig du als
sinnloser Schatten irren,
suchend, was du nicht gegeben.

XIII

Olho os campos, Neera,
Campos, campos, e sofro
Já o frio da sombra
Em que não terei olhos.
A caveira antessinto
Que serei não sentindo,
Ou só quanto o que ignoro
Me incógnito ministre.
E menos ao instante
Choro, que a mim futuro,
Súbdito ausente e nulo
Do universal destino.

25.12.1923

XIV

De novo traz as aparentes novas
Flores o Verão novo, e novamente
        Verdesce a cor antiga
        Das folhas redivivas.
Não mais, não mais dele o infecundo abismo,
Que mudo sorve o que mal somos, torna
        À clara luz superna
        A presença vivida.
Não mais; e a prole a que, pensando, dera
A vida da razão, em vão o chama,
        Que as nove chaves fecham
        Da Estige irreversível.
O que foi como um deus entre os que cantam,
O que do Olimpo as vozes, que chamavam,
        Scutando ouviu, e, ouvindo,
        Entendeu, hoje é nada.
Tecei embora as, que teceis, grinaldas.
Quem coroais, não coroando a ele?
        Votivas as deponde,
        Fúnebres sem ter culto.

XIII

Auf Fluren, Neera, schau' ich,
Fluren, Fluren und spüre
schon des Schattens Kühle,
wenn ich erst ohne Augen.
Den Totenschädel ahn' ich,
der ich sein werde, gefühllos,
wenn nur, was ich nicht kenne,
mir unbekannt zu Dienst ist.
Mein zukünftiges Wesen
mehr als den Augenblick be-
wein' ich, ein nichtiger Sklave
des allgemeinen Schicksals.

XIV

Von neuem bringt die scheinbar neuen Blumen
der neue Sommer, und von neuem
        ergrünt die alte Farbe
        der neubelebten Blätter.
Nie mehr, nie mehr gibt der unfruchtbare Abgrund,
der stumm aufsaugt, was kaum wir sind, dem hellen
        Lichte der Oberwelt
        seine gelebte Gegenwart zurück.
Nie wieder; und die Menge, der er denkend
das Leben der Vernunft gab, ruft umsonst ihn,
        den neunmal Eingeschloßnen
        des Styx, der nimmer umkehrt.
Der wie ein Gott war unter allen Sängern,
die nach ihm rufenden olympischen Stimmen
        lauschend vernahm und im Vernehmen
        verstand, ist heute nichts mehr.
Doch knüpft nur die Girlanden, die ihr knüpft.
Wen wollt ihr kränzen, wenn ihr ihn nicht kränzt?
        Legt die Gelübdegaben,
        als wär' es Grabschmuck, nieder.

Fique, porém, livre da leiva e do Orco,
A fama; e tu, que Ulisses erigira,
Tu, em teus sete montes,
Orgulha-te materna,
Igual, desde ele, às sete que contendem
Cidades por Homero, ou alcaica Lesbos,
Ou heptápila Tebas,
Ogígia mãe de Píndaro.

20.10.1923

XV

Este, seu scasso campo ora lavrando,
Ora, solene, olhando-o com a vista
De quem a um filho olha, goza incerto
A não-pensada vida.
Das fingidas fronteiras a mudança
O arado lhe não tolhe, nem o empece
Per que concílios se o destino rege
Dos povos pacientes.
Pouco mais no presente do futuro
Que as ervas que arrancou, seguro vive
A antiga vida que não torna, e fica,
Filhos, diversa e sua.

16.11.1923

XVI

Tuas, não minhas, teço estas grinaldas,
Que em minha fronte renovadas ponho.
Para mim tece as tuas,
Que as minhas eu não vejo.
Se não pesar na vida melhor gozo
Que o vermo-nos, vejamo-nos, e, vendo,
Surdos conciliemos
O insubsistente surdo.

Verschont vom Orkus aber bleib' sein Ruhm;
und du, die einst Odysseus auferbaute,
hoch auf den sieben Bergen
glänze im Mutterstolz,
um seinetwillen gleich den sieben Städten,
die um Homer gestritten, Alkäus' Lesbos
oder dem hunderttorigen Theben,
Pindars erhabner Mutter.

XV

Der Bauer, der sein enges Feld pflügend durchfurcht
oder feierlich mit dem Blick umspannt,
wie man sein Kind anschaut, genießt das Leben
gedankenlos instinkthaft.
Der vorgetäuschten Grenzen Wandlung
beschneidet ihm der Pflug nicht noch beschwert ihn,
nach welchem Ratschluß sich das Schicksal richtet
der geduldigen Völker.
Wenig mehr in der Gegenwart der Zukunft
als die von ihm gejäteten Kräuter lebt er
das alte Leben sicher, das nicht wiederkehrt, und
in seinen Kindern sein bleibt.

XVI

Dein und nicht mein verflecht' ich die Girlanden,
die ich erneuert auf die Stirn mir drücke.
Und du verflicht für mich die deinen,
denn meine seh' ich nicht.
Wenn größerer Genuß dies Leben nicht belastet
als uns zu sehen, laßt uns einander ansehn
und taub mit uns versöhnen
das unergründlich Taube.

Coroemo-nos pois uns para os outros,
E brindemos uníssonos à sorte
    Que houver, até que chegue
    A hora do barqueiro.

17.11.1923

XVII

Não queiras, Lídia, edificar no spaço
Que figuras futuro, ou prometer-te
Amanhã. Cumpre-te hoje, não sperando.
    Tu mesma és tua vida.
Não te destines, que não és futura.
Quem sabe se, entre a taça que esvazias,
E ela de novo enchida, não te a sorte
    Interpõe o abismo?

XVIII

Saudoso já deste Verão que vejo,
Lágrimas para as flores dele emprego
    Na lembrança invertida
    De quando hei-de perdê-las.
Transpostos os portais irreparáveis
De cada ano, me anticipo a sombra
    Em que hei-de errar, sem flores,
    No abismo rumoroso.
E colho a rosa porque a sorte manda.
Marcenda, guardo-a; murche-se comigo
    Antes que com a curva
    Diurna da ampla terra.

Laßt uns einander bekränzen und
einstimmig einen Trinkspruch auf das Schicksal
    ausbringen, bis die Stunde
    des Nachenführers schlägt.

XVII

Erbaue, Lydia, nichts in jenem Raume,
der dich zukünftig dünkt, versprich dir nicht ein
Morgen. Erfüll dich heute ohne Warten.
    Du selber bist dein Leben.
Verfüg nicht über dich, als gäb's ein Morgen.
Wer weiß, ob, während du den Becher leerst
und wieder füllst, dir nicht das Schicksal
    den Abgrund vorbestimmt?

XVIII

Voll Sehnsucht heute schon nach diesem Sommer,
vergieß' ich Tränen über seine Blumen,
    voraus erinnernd,
    wie bald sie mir verloren.
Da ich der Jahre Pforten ohne Umkehr
durchschritten, eile ich voran dem Schatten,
    als der ich ohne Blumen
    im Abgrund irren muß.
Die Rose pflück' ich, weil das Los gebietet.
Welkend bewahr' ich sie; sie welke eher
    bei mir als bei der weiten
    Erde beständigem Kreislauf.

XIX

Prazer, mas devagar,
Lídia, que a sorte àqueles não é grata
Que lhe das mãos arrancam.
Furtivos retiremos do horto mundo
Os depredandos pomos.
Não despertemos, onde dorme, a Erínis
Que cada gozo trava.
Como um regato, mudos pasageiros,
Gozemos escondidos.
A sorte inveja, Lídia. Emudeçamos.

3.11.1923

XX

Cuidas, ínvio, que cumpres, apertando
Teus infecundos, trabalhosos dias
Em feixes de hirta lenha,
Sem ilusão a vida.
A tua lenha é só peso que levas
Para onde não tens fogo que te aqueça,
Nem sofrem peso aos ombros
As sombras que seremos.
Para folgar não folgas; e, se legas,
Antes legues o exemplo, que riquezas,
De como a vida basta
Curta, nem também dura.
Pouco usamos do pouco que mal temos.
A obra cansa, o ouro não é nosso.
De nós a mesma fama
Ri-se, que a não veremos
Quando, acabados pelas Parcas, formos,
Vultos solenes, de repente antigos,
E cada vez mais sombras,
Ao encontro fatal –

XIX

Genuß, jedoch mit Maßen,
Lydia, das Geschick ist denen gram, die
        mit Gewalt ihn an sich reißen.
Wir wollen heimlich aus dem Weltengarten
        die Früchte an uns bringen,
nicht wo sie schläft, die Rachegöttin wecken,
        die den Genuß behindert.
Gleich wie ein Bach, als stumme Wandersleute
        laß uns geheim genießen.
Neid folgt uns, Lydia. Laß uns schweigen.

XX

Du glaubst, Wegloser, du erfülltest, wenn du
die unfruchtbaren, mühevollen Tage
        zu Bündeln starren Holzes schnürst,
        dein Leben ohne Täuschung.
Doch ist das Holz Gewicht nur, das du fortschleppst
dorthin, wo dir kein Feuer bleibt zum Wärmen
        und Last nicht auf den Schultern
        unsere Schatten dulden.
Nur zum Genuß genießt du nicht; und wenn du
dein Erbe aufteilst, so vererb nicht Reichtum,
        sondern dein Beispiel: es genügt
        das Leben, kurz, aber hart nicht.
Wir nutzen unsere dürftige Habe wenig.
Das Werk zermürbt, das Gold gehört uns nicht.
        Sogar der Ruhm verlacht uns,
        denn wir werden ihn nicht sehen,
wenn wir, Opfer der Parzen, feierlich und
jählings alt und immer schattenhafter
        auf die verhängnisvolle
        Begegnung zugehn müssen,

O barco escuro no soturno rio,
E os nove abraços da frieza stígia
    E o regaço insaciável
    Da pátria de Plutão.

11.7.1914

Erstmals publiziert in der Zeitschrift «Athena», N° 1, 1924

den dunklen Nachen auf dem düsteren Strome,
die neun Umarmungen der stygischen Kälte,
  den allgefräßigen Schoß
  von Plutos Heimatland.

Oito Odes da «Presença»

Acht Oden aus der Zeitschrift »Presença«

I

Não só vinho, mas nele o olvido, deito
Na taça; serei ledo, porque a dita
        É ignara. Quem, lembrando
        Ou prevendo, sorrira?
Dos brutos, não a vida, senão a alma,
Consigamos, pensando; recolhidos
        No impalpável destino
        Que não spera nem lembra.
Com mão mortal elevo à mortal boca
Em frágil taça o passageiro vinho,
        Baços os olhos feitos
        Para deixar de ver.

13.6.1926

II

Quanta tristeza e amargura afoga
Em confusão a streita vida! Quanto
        Infortúnio mesquinho
        Nos oprime supremo!
Feliz é o bruto que nos verdes campos
Pasce, para si mesmo anónimo, e entra
        Na morte como em casa;
        Ou o sábio que, perdido
Na ciência, a fútil vida austera eleva
Além da nossa, como o fumo que ergue
        Braços que se desfazem
        A um céu inexistente.

13.6.1926

I

Nicht nur mit Wein, auch mit Vergessen füll' ich
den Becher und bin fröhlich, weil das Glück
        unwissend. Kann man lächeln
        in Rückblick oder Vorschau?
Versuchen wir die Seele, nicht das Leben
der Tiere denkend zu erreichen, flüchtend
        ins ungreifbare Schicksal,
        nicht hoffend, nicht erinnernd.
Mit sterblicher Hand heb' ich zum sterblichen Munde
in brüchigem Becher rasch getrunkenen Wein,
        trübe und matt die Augen,
        zum Nicht-mehr-Sehn bestimmt.

II

Wieviel Bekümmerung und Bitternis
erstickt in Wirrsal unser enges Leben!
        Wieviel erbärmliches Unheil
        bedrängt uns schwer!
Glücklich das Tier, das auf den Fluren weidet,
sich selber namenlos, und in den Tod
        wie in sein Haus eingeht;
        oder der Weise, der, versunken
in seine Wissenschaft, das nichtige, strenge Leben
über das unsre aufhebt, wie der Rauch
        flüchtige Arme aufwirft
        zum nichtvorhandenen Himmel.

III

A nada imploram tuas mãos já coisas,
Nem convencem teus lábios já parados,
No abafo subterrâneo
Da húmida imposta terra.
Só talvez o sorriso com que amavas
Te embalsama remota, e nas memórias
Te ergue qual eras, hoje
Cortiço apodrecido.
E o nome inútil que teu corpo morto
Usou, vivo, na terra, como uma alma,
Não lembra. A ode grava,
Anónimo, um sorriso.

5.1927

IV

O rastro breve que das ervas moles
Ergue o pé findo, o eco que oco coa,
A sombra que se adumbra,
O branco que a nau larga —
Nem maior nem melhor deixa a alma às almas,
O ido aos indos. A lembrança esquece.
Mortos, inda morremos.
Lídia, somos só nossos.

25.1.1928

V

Já sobre a fronte vã se me acinzenta
O cabelo do jovem que perdi.
Meus olhos brilham menos.
Já não tem jus a beijos minha boca.
Se me ainda amas, por amor não ames:
Traíras-me comigo.

13.6.1926

III

Nichts mehr erflehen deine Totenhände,
nicht überzeugen mehr die starren Lippen
in der Geborgenheit
der feuchten, dunklen Erde.
Am ehesten balsamiert dich noch das Lächeln,
mit dem du liebtest, schenkt dem Erinnern dich
so wie du einst warst, heut'
ein verfaulter Bienenkorb.
Der müßige Name, den dein toter Leib
wie eine Seele auf der Erde trug,
zählt nicht. Die Ode prägt
ein namenloses Lächeln.

IV

Die kurze Spur, die in die weichen Gräser
der Fuß eintritt, das hohl verhallende Echo,
der länger fallende Schatten,
des Schiffes weißer Schaum –
nicht größer und nicht besser laß die Seele
künftigen Seelen. Und vergiß das Gestern.
Wir sterben noch als Tote.
Nur unser, Lydia, sind wir.

V

Über der nichtigen Stirn färbt sich zu Asche
das Haar des Jünglings, das ich eingebüßt.
Meine Augen erglänzen matter.
Mein Mund hat keine Feuchtigkeit für Küsse.
Liebst du mich noch, so lieb' mich nicht aus Liebe:
das wär' Verrat an mir.

VI

Quando, Lídia, vier o nosso outono
Com o inverno que há nele, reservemos
Um pensamento, não para a futura
        Primavera, que é de outrem,
Nem para o estio, de quem somos mortos,
Senão para o que fica do que passa –
O amarelo actual que as folhas vivem
        E as torna diferentes.

13.6.1930

VII

Ténue, como se de Éolo a esquecessem,
A brisa da manhã titila o campo,
        E há começo do sol.
Não desejemos, Lídia, nesta hora
Mais sol do que ela, nem mais alta brisa
        Que a que é pequena e existe.

13.6.1930

VIII

Para ser grande, sê inteiro: nada
        Teu exagera ou exclui.
Sê todo em cada coisa. Põe quanto és
        No mínimo que fazes.
Assim em cada lago a lua toda
        Brilha, porque alta vive.

14.2.1933

Erstmals publiziert in der Zeitschrift »Presença«, Nº 6, 1927; Nº, 10, 1928; Nº. 31/2, 1931; Nº. 37, 1933

VI

Wenn, Lydia, unser Herbst erscheint
mit dem in ihm verborgnen Winter, sparen
wir ein Gedenken auf: nicht für den künftigen,
　　für andere bestimmten Lenz
noch für den Sommer, dem wir längst gestorben,
sondern für das, was dauert im Verfall –
das Gelb von heute, das die Blätter leben
　　und mannigfaltig macht.

VII

So zart, als ob vom Äolus vergessen,
umschmeichelt Feld und Flur die Morgenbrise,
　　ein erster Sonnenstrahl.
Laß uns zu dieser Stunde nicht mehr Sonne,
Lydia, wünschen als sie schenken mag und
　　keine stärkere Brise.

VIII

Um groß zu sein, sei ganz: entstelle und
　　verleugne nichts, was dein ist.
Sei ganz in jedem Ding. Leg, was du bist,
　　in dein geringstes Tun.
So glänzt in jedem See der ganze Mond,
　　denn er steht hoch genug.

Odes escolhidas

Ausgewählte Oden

I

Mestre, são plácidas
Todas as horas
Que nós perdemos,
Se no perdê-las,
Qual numa jarra,
Nós pomos flores.

Não há tristezas
Nem alegrias
Na nossa vida.
Assim saibamos,
Sábios incautos,
Não a viver,

Mas decorrê-la,
Tranquilos, plácidos,
Tendo as crianças
Por nossas mestras,
E os olhos cheios
De Natureza...

À beira-rio,
À beira-estrada,
Conforme calha,
Sempre no mesmo
Leve descanso
De estar vivendo.

O tempo passa,
Não nos diz nada.
Envelhecemos.
Saibamos, quase
Maliciosos,
Sentir-nos ir.

I

Meister, wie heiter sind doch
alle die Stunden,
die wir verlieren,
wenn ins Verlieren,
wie in eine Vase,
wir Blumen betten.

Da ist nicht Trauer,
da ist nicht Freude
in unserem Leben.
Unkluge Weise,
mögen wir lernen,
statt es zu leben

es hinzubringen,
still und gelassen,
dabei die Kinder
zum Vorbild nehmen,
die Augen gesättigt
an der Natur . . .

Am Ufer des Stromes,
am Rande der Straße,
es sei, wo es sei,
immer in gleicher
leichter Erholung
vom Lebenszwang.

Die Zeit eilt weiter,
sie sagt uns nichts.
Wir werden älter.
Mögen wir drum,
fast boshaft, den eignen
Hingang spüren.

Não vale a pena
Fazer um gesto.
Não se resiste
Ao deus atroz
Que os próprios filhos
Devora sempre.

Colhamos flores.
Molhemos leves
As nossas mãos
Nos rios calmos,
Para aprendermos
Calma também.

Girassóis sempre
Fitando o Sol,
Da vida iremos
Tranquilos, tendo
Nem o remorso
De ter vivido.

12.6.1914

II

Os deuses desterrados,
Os irmãos de Saturno,
Às vezes, no crepúsculo
Vêm espreitar a vida.

Vêm então ter connosco
Remorsos e saudades
E sentimentos falsos.
É a presença deles,
Deuses que o destroná-los
Tornou espirituais,
De matéria vencida,
Longínqua e inactiva.

Es lohnt nicht die Mühe,
sich zu gebärden.
Man widersteht nicht
dem grausamen Gotte,
der die eigenen Kinder
ewig verschlingt.

Pflücken wir Blumen!
Tauchen wir leichthin
unsere Hände
in stille Ströme,
lernen wir ihnen
die Stille ab.

Sonnenblumen,
der Sonne verbunden,
werden wir aus dem Leben
ruhig davongehn
und nicht bedauern,
daß wir es lebten.

II

Die Götter, die verbannten
Geschwister des Saturn,
kommen im Abenddämmern
und spähen nach dem Leben.

Alsdann gesell'n sich uns
Sehnsucht, Gewissensangst und
leere Gefühle. Dies
vermag die Gegenwart
der Götter; die Entthronung
gab ihnen Geistgestalt
aus ferner, unterlegner,
träger Materie.

Vêm, inúteis forças,
Solicitar em nós
As dores e os cansaços,
Que nos tiram da mão,
Como a um bêbedo mole,
A taça da alegria.

Vêm fazer-nos crer,
Despeitadas ruínas
De primitivas forças,
Que o mundo é mais extenso
Que o que se vê e palpa,
Para que ofendamos
A Júpiter e a Apolo.

Assim até à beira
Terrena do horizonte
Hiperion no crepúsculo
Vem chorar pelo carro
Que Apolo lhe roubou.

E o poente tem cores
Da dor dum deus longínquo,
E ouve-se soluçar
Para além das esferas...
Assim choram os deuses.

12.6.1914

III

O deus Pã não morreu,
Cada campo que mostra
Aos sorrisos de Apolo
Os peitos nus de Ceres –
Cedo ou tarde vereis
Por lá aparecer
O deus Pã, o imortal.

Sie nahen, müßige Kräfte,
und wecken in uns
Schmerzen auf und Erschöpfung,
die uns den Freudenbecher,
wie einem schlaffen Trinker,
aus unsren Händen winden.

Grollende Überreste
von einstmals mächtigen Kräften
wollen uns überreden,
die Welt verheiße mehr
als das, was sicht- und tastbar,
damit wir uns versünd'gen
an Jupiter und Apollo.

So wagt sich bis zur Grenze
des irdischen Horizontes
Hyperion am Abend
und weint um seinen Wagen,
den ihm Apoll geraubt.

Schmerz eines fernen Gottes
durchtränkt das Abendrot,
jenseits der Himmelskreise
wird Schluchzen laut.
So weinen die Götter.

III

Gott Pan ist nicht gestorben,
auf jedem Feld, auf welchem
der Ceres' nackte Brüste
Apollos Lächeln suchen –
erscheint früh oder spät euch
Pan, der Unsterbliche.

Não matou outros deuses
O triste deus cristão.
Cristo é um deus a mais,
Talvez um que faltava.
Pã continua a dar
Os sons da sua flauta
Aos ouvidos de Ceres
Recumbente nos campos.

Os deuses são os mesmos,
Sempre claros e calmos,
Cheios de eternidade
E desprezo por nós,
Trazendo o dia e a noite
E as colheitas douradas
Sem ser para nos dar
O dia e a noite e o trigo
Mas por outro e divino
Propósito casual.

12.6.1914

IV

Da nossa semelhança com os deuses
Por nosso bem tiremos
Julgarmo-nos deidades exiladas
E possuindo a Vida
Por uma autoridade primitiva
E coeva de Jove.

Altivamente donos de nós-mesmos,
Usemos a existência
Como a vila que os deuses nos concedem
Para esquecer o Estio.
Não de outra forma mais apoquentada
Nos vale o esforço usarmos
A existência indecisa e afluente
Fatal do rio escuro.

Der traurige Gott der Christen
hat andere nicht getötet.
Er ist nur ein weiterer Gott,
einer vielleicht, der fehlte.
Pan gießt auch heute noch
die Klänge seiner Flöte
in Ceres' Ohren, wenn sie
lauschend auf Feldern lagert.

Die Götter sind dieselben,
immerfort klar und ruhig,
von Ewigkeit erfüllt und
Verachtung für uns Menschen,
bringen sie Tag und Nacht und
goldene Ernten, nicht um uns
mit Tag und Nacht und Brot
zu beschenken, sondern einzig
nach ihrem rätselvollen,
göttlichen Zufallsplan.

IV

Da wir den Göttern allen ähnlich sind,
gereich' es uns zum Trost,
daß wir uns für verbannte Götter halten,
die dieses Sein genießen,
geborgen in der Fülle alter Macht,
mit Jupiter gleichen Alters.

Benutzen, stolze Herren unserer selbst,
wir unser Dasein wie
das Landhaus, das die Götter uns vergönnen,
Sommerglut zu vergessen.
Nicht lohnt auf andre, schmerzlichere Weise
die Mühsal unseres Daseins,
des ungewissen, das so unausweichlich
im dunklen Strome mündet.

Como acima dos deuses o Destino
É calmo e inexorável,
Acima de nós-mesmos construamos
Um fado voluntário
Que quando nos oprima nós sejamos
Esse que nos oprime,
E quando entremos pela noite dentro
Por nosso pé entremos.

30.7.1914

V

Só esta liberdade nos concedem
Os deuses: submetermo-nos
Ao seu domínio por vontade nossa.
Mais vale assim fazermos
Porque só na ilusão da liberdade
A liberdade existe.

Nem outro jeito os deuses, sobre quem
O eterno fado pesa,
Usam para seu calmo e possuído
Convencimento antigo
De que é divina e livre a sua vida.

Nós, imitando os deuses,
Tão pouco livres como eles no Olimpo,
Como quem pela areia
Ergue castelos para encher os olhos,
Ergamos nossa vida
E os deuses saberão agradecer-nos
O sermos tão como eles.

30.7.1914

So wie das Schicksal oberhalb der Götter
still ruht und unerbittlich,
so wollen wir ein selbstgewähltes Schicksal
über uns selbst aufrichten,
damit, bedrängt es uns, wir selber dieses
Bedrängende seien und,
wenn wir hineingehn in die Nacht, der Gang
mit eigenem Fuß geschehe.

V

Nur diese Freiheit gönnen uns die Götter:
wir dürfen ihrer Herrschaft
aus eigenem Entschluß uns unterordnen.
So zu verfahr'n ist klug,
weil nur in unserer eingebildeten Freiheit
Freiheit vorhanden ist.

Nicht anders sind die Götter, über denen
das ewige Schicksal lastet,
in aller Stille und Bestimmtheit
der alten Überzeugung,
daß göttlich sei und frei dazu ihr Leben.

Tun wir's den Göttern nach,
so wenig frei wie sie auf dem Olympos,
wie jemand Burgen aufbaut
im Sand des Strands, die Augen zu erheitern,
baun wir unser Leben auf;
die Götter werden's uns zu danken wissen,
daß wir so sind wie sie.

VI

Vós que, crentes em Cristos e Marias,
Turvais da minha fonte as claras águas
Só para me dizerdes
Que há águas de outra espécie

Banhando prados com melhores horas, —
Dessas outras regiões pra que falar-me
Se estas águas e prados
São de aqui e me agradam?

Esta realidade os deuses deram
E para bem real a deram externa.
Que serão os meus sonhos
Mais que a obra dos deuses?

Deixai-me a Realidade do momento
E os meus deuses tranquilos e imediatos
Que não moram no Vago
Mas nos campos e rios.

Deixai-me a vida ir-se pagãmente
Acompanhada plas avenas ténues
Com que os juncos das margens
Se confessam de Pã.

Vivei nos vossos sonhos e deixai-me
O altar imortal onde é meu culto
E a visível presença
Dos meus próximos deuses.

Inúteis procos do melhor que a vida,
Deixai a vida aos crentes mais antigos
Que a Cristo e a sua cruz
E Maria chorando.

VI

Ihr Christus- und Mariengläubigen,
die ihr die Klarheit meiner Quelle trübt,
    nur um mir einzureden,
    es gössen andre Wasser

schönere Stunden auf die Wiesen aus,
warum von andern Gegenden mir reden,
    wenn diese Au, dies Wasser
    hier sind und mir gefallen?

Die Wirklichkeit, die Götter schenkten sie,
damit sie wirklich sei, als äußre Welt.
    Und meine Träume wären
    mehr als das Werk der Götter?

Laßt mir die Wirklichkeit des Augenblicks
und meine stillen, nahen Götter,
    die nicht im Vagen hausen,
    sondern in Strom und Flur.

Laßt heidnisch meinen Lebensstrom verrinnen
und nur begleitet von den zarten Flöten,
    womit das Uferschilfrohr
    sich Pan zu eigen gibt.

Lebt ihr in euren Träumen und vergönnt mir
den todentrückten Altar, wo mein Glaube
    lebt und die Gegenwart
    meiner nahen Götter.

Törichte Jenseitsfreier, überlaßt
das Leben Gläubigen, die älter sind
    als Christus und sein Kreuz
    und seine weinende Mutter.

Ceres, dona dos campos, me console
E Apolo e Vénus, e Urano antigo
        E os trovões, com o interesse
        De irem da mão de Jove.

9.8.1914

VII

Antes de nós nos mesmos arvoredos
Passou o vento, quando havia vento,
E as folhas não falavam
De outro modo do que hoje.

Passamos e agitamo-nos debalde.
Não fazemos mais ruído no que existe
Do que as folhas das árvores
Ou os passos do vento.

Tentemos pois com abandono assíduo
Entregar nosso esforço à Natureza
E não querer mais vida
Que a das árvores verdes.

Inutilmente parecemos grandes.
Salvo nós nada pelo mundo fora
Nos saúda a grandeza
Nem sem querer nos serve.

Se aqui, à beira-mar, o meu indício
Na areia o mar com ondas três o apaga,
Que fará na alta praia
Em que o mar é o Tempo?

8.10.1914

Tröstet mich, Ceres, Herrin der Felder,
Apollo, Venus und alter Uranos
        und Blitze, die mich bannen,
        weil Jupiter sie schleudert.

VII

Schon lange vor uns blies der Wind durch
die gleichen Wälder, wenn es windig war,
und ihre Blätter sprachen
nicht anders als auch heute.

Wir gehn vorbei und regen uns vergebens.
Wir stiften nicht mehr Aufruhr im Lebend'gen
als die Blätter der Bäume
oder die Schritte des Windes.

So laßt uns danach trachten, unser Mühen
hingebend der Natur anheimzustellen,
mehr Leben nicht zu wünschen
als das der grünen Bäume.

Umsonst erstreben wir den Schein der Größe.
Außer uns selber grüßt auf dieser Erde
nichts unsere Bedeutung
und dient uns willenlos.

Wenn meine Spur im Sand am Meeresufer
das Meer mit nur drei Wellenschlägen auslöscht,
was wird am hohen Strand sein,
dort wo die Zeit das Meer ist?

VIII

Acima da verdade estão os deuses.
A nossa ciência é uma falhada cópia
Da certeza com que eles
Sabem que há o Universo.

Tudo é tudo, e mais alto estão os deuses,
Não pertence à ciência conhecê-los,
Mas adorar devemos
Seus vultos como às flores,

Porque visíveis à nossa alta vista,
São tão reais como reais as flores
E no seu calmo Olimpo
São outra Natureza.

16.10.1914

IX

Anjos ou deuses, sempre nós tivemos
A visão perturbada de que acima
De nós e compelindo-nos
Agem outras presenças.

Como acima dos gados que há nos campos
O nosso esforço, que eles não compreendem,
Os coage e obriga
E eles não nos percebem,

Nossa vontade e o nosso pensamento
São as mãos pelas quais outros nos guiam
Para onde eles querem
E nós não desejamos.

16.10.1914

VIII

Über der Wahrheit stehn die Götter. Unsre
Wissenschaft ist ein verfehltes Abbild
ihres sicheren Wissens:
dies Weltall ist vorhanden.

Alles ist alles, höher stehn die Götter,
nicht ziemt der Wissenschaft, sie zu erkennen,
doch wie die Blumen soll'n wir
ihre Gestalten ehren,

denn, sichtbar unserem Blick zur Höhe, sind sie
so wirklich wie die Blumen wirklich sind,
andre Natur auf ihrem
stillen Olympos.

IX

Ob Engel oder Götter, immer war uns
die Einsicht tief im Inneren vertraut,
daß über uns, uns treibend
andere Mächte wirken.

So wie dem Vieh auf seinen Weiden unser
Wille Gebot ist und doch unverständlich
und lastet auf ihm, lenkt es,
obwohl es uns nicht wahrnimmt,

sind unser Wollen und auch unser Denken
Hände, an denen andere uns führen,
dorthin, wohin sie wollen
und wir nicht folgen mögen.

X

Prefiro rosas, meu amor, à pátria,
E antes magnólias amo
Que a glória e a virtude.

Logo que a vida me não canse, deixo
Que a vida por mim passe
Logo que eu fique o mesmo.

Que importa àquele a quem já nada importa
Que um perca e outro vença,
Se a aurora raia sempre,

Se cada ano com a Primavera
As folhas aparecem
E com o Outono cessam?

E o resto, as outras coisas que os humanos
Acrescentam à vida,
Que me aumentam na alma?

Nada, salvo o desejo de indif'rença
E a confiança mole
Na hora fugitiva.

1.6.1916

XI

Felizes, cujos corpos sob as árvores
Jazem na húmida terra,
Que nunca mais sofrem o sol, ou sabem
Das doenças da lua.

Verta Éolo a caverna inteira sobre
O orbe esfarrapado,
Lance Neptuno, em cheias mãos, ao alto
As ondas estoirando.

X

Dem Vaterlande zieh' ich Rosen vor,
Magnolien sind mir lieber,
Liebste, als Ruhm und Tugend.

Wenn nur das Leben mich nicht müde macht,
lass' ich es durch mich hinziehn,
wenn ich nur gleich mir bleibe.

Was kümmert den, den nichts mehr kümmern kann,
Sieg oder Niederlage,
wenn nur der Morgen aufsteigt,

wenn jedes Jahr mit jedem neuen Frühling
die Blätter sich entfalten
und mit dem Herbste welken?

Das Übrige, die Dinge, die von Menschen
dem Leben zugesellt,
was mehren sie in der Seele?

Nichts, gar nichts, nur den steten Wunsch nach Gleichmut
und die gelassene Zuversicht
in die flüchtige Lebensstunde.

XI

Glücklich sind, deren Leiber unter Bäumen
in feuchter Erde liegen,
die nie mehr unter Sonne leiden oder
von Mondkrankheiten wissen.

Mag auch Äolus seine ganze Höhle
auf die zerfetzte Erde schütten,
Neptun mit vollen Händen in die Höhe
die Wogen prasseln lassen.

Tudo lhe é nada, e o próprio pegureiro
Que passa, finda a tarde,
Sob a árvore onde jaz quem foi a sombra
Imperfeita de um deus,

Não sabe que os seus passos vão cobrindo
O que podia ser,
Se a vida fosse sempre a vida, a glória
De uma beleza eterna.

1.6.1916

XII

Não a ti, Cristo, odeio ou te não quero.
Em ti como nos outros creio deuses mais velhos.
Só te tenho por não mais nem menos
Do que eles, mas mais novo apenas.

Odeio-os sim, e a esses com calma aborreço,
Que te querem acima dos outros teus iguais deuses.
Quero-te onde tu stás, nem mais alto
Nem mais baixo que eles, tu apenas.

Deus triste, preciso talvez porque nenhum havia
Como tu, um a mais no Panteão e no culto,
Nada mais, nem mais alto nem mais puro
Porque para tudo havia deuses, menos tu.

Cura tu, idólatra exclusivo de Cristo, que a vida
É múltipla e todos os dias são diferentes dos outros,
E só sendo múltiplos como eles
Staremos com a verdade e sós.

9.10.1916

Alles ist nichts für ihn, der Hirte selber,
der abends an dem Baume
vorüberzieht, wo liegt, der eines Gottes
schattiges Abbild war,

weiß nicht, daß er mit seinem Schritt bedeckt,
was einer ewigen Schönheit
Glorie könnte sein, wenn unser Leben
auf immer dauern würde.

XII

Nicht hass' ich dich, o Christus, denn ich glaube
an dich wie an die anderen älteren Götter.
        Nur acht' ich weder minder dich noch mehr
        als sie, du bist nur jünger.

Sie hass' ich, ja, mit stillem Abscheu hass' ich,
die dich mehr lieben als die anderen Götter.
        Ich will dich, wo du bist, und weder höher
        noch niedriger als sie, du sollst nur du sein.

Trauriger Gott, notwendig wohl, weil keiner
wie du war, einer mehr im Pantheon,
        nichts mehr, nicht höher und nicht reiner, weil es
        für alles Götter gab, dich ausgenommen.

Bedenk, ausschließlicher Verehrer Christi,
die Vielgestalt des Lebens und der Tage,
        nur wenn wir vielgestaltig sind wie sie,
        sind eins wir mit der Wahrheit und allein.

XIII

Sofro, Lídia, do medo do destino.
A leve pedra que um momento ergue
As lisas rodas do meu carro, aterra
Meu coração.

Tudo quanto me ameace de mudar-me
Para melhor que seja, odeio e fujo.
Deixem-me os deuses minha vida sempre
Sem renovar

Meus dias, mas que um passe e outro passe
Ficando eu sempre quase o mesmo; indo
Para a velhice como um dia entra
No anoitecer.

26.5.1917

XIV

Não canto a noite porque no meu canto
O sol que canto acabará em noite.
Não ignoro o que esqueço.
Canto por esquecê-lo.

Pudesse eu suspender, inda que em sonho,
O Apolíneo curso, e conhecer-me,
Inda que louco, gémeo
De uma hora imperecível!

2.9.1923

XV

Não quero recordar nem conhecer-me.
Somos demais se olhamos em quem somos.
Ignorar que vivemos
Cumpre bastante a vida.

XIII

Angst vor dem Schicksal läßt mich leiden, Lydia.
Der leichte Stein, der einen Augenblick
die glatten Räder meines Wagens aufhebt,
entsetzt mein Herz.

Alles, was mit Veränd'rung mich bedroht,
sei es zum Bess'ren auch, das hass' und flieh' ich.
Die Götter mögen meine Tage immer
unangetastet

belassen; wie sie kommen, soll'n sie hingehn
und ich für immer fast der gleiche bleiben;
so tret' ich ein ins Alter wie ein Tag
in seinen Abend.

XIV

Die Nacht besing' ich nicht, dieweil die Sonne,
die ich besinge, enden wird in Nacht.
Was ich vergesse, weiß ich wohl.
Ich dichte, um es zu vergessen.

Könnt' ich Apollos Lauf, geschäh' es gleich
im Traum, aufhalten und mich selbst erkennen,
wär' ich, wenngleich ein Narr,
der ewigen Stunde Zwilling!

XV

Ich will mich nicht erinnern noch erkennen.
Denn maßlos sind wir, wenn wir uns betrachten.
Nicht wissen, daß wir leben,
genügt schon zur Vollendung.

Tanto quanto vivemos, vive a hora
Em que vivemos, igualmente morta
Quando passa connosco,
Que passamos com ela.

Se sabê-lo não serve de sabê-lo
(Pois sem poder que vale conhecermos?),
Melhor vida é a vida
Que dura sem medir-se.

2.9.1923

XVI

A abelha que, voando, freme sobre
A colorida flor, e pousa, quase
Sem diferença dela
À vista que não olha,

Não mudou desde Cecrops. Só quem vive
Uma vida com ser que se conhece
Envelhece, distinto
Da espécie de que vive.

Ela é a mesma que outra que não ela.
Só nós — ó tempo, ó alma, ó vida, ó morte! —
Mortalmente compramos
Ter mais vida que a vida.

2.9.1923

XVII

Dia após dia a mesma vida é a mesma.
O que decorre, Lídia,
No que nós somos como em que não somos
Igualmente decorre.

Solang' wir leben nur, lebt auch die Stunde,
in der wir leben und stirbt gleichermaßen,
wenn sie mit uns vergeht,
wie wenn wir mit ihr hingehn.

Wenn, dies zu wissen, nicht das Wissen lohnt,
(denn – machtlos – was wohl nützte uns Erkenntnis?)
so lob' ich mir ein Leben,
des Dauer man nicht mißt.

XVI

Die Biene, die im Fluge zittert über
der Blüte und sich auf ihr niederläßt,
fast eins mit ihr für unsern
zerstreuten Blick, sie blieb

seit Kekrops' Zeiten unverändert. Nur wer
ein Leben lebt, das seiner selbst bewußt ist,
altert, der Gattung fremd,
aus der sein Leben stammt.

Die Biene gleicht der andern, die nicht sie ist.
Nur wir – o Zeit, o Seele, o Tod und Leben! –
erkaufen uns, weil sterblich,
mehr Leben als das Leben.

XVII

Und Tag um Tag bleibt sich das Leben gleich.
Alles verrinnt, o Lydia,
das, was wir sind, und das auch, was wir nicht sind,
verrinnt desgleichen.

Colhido, o fruto deperece; e cai
Nunca sendo colhido.
Igual é o fado, quer o procuremos,
Quer o speremos. Sorte
Hoje, destino sempre, e nesta ou nessa
Forma alheio e invencível.

2.9.1923

XVIII

Tão cedo passa tudo quanto passa!
Morre tão jovem ante os deuses quanto
Morre! Tudo é tão pouco!
Nada se sabe, tudo se imagina.
Circunda-te de rosas, ama, bebe
E cala. O mais é nada.

3.11.1923

XIX

No ciclo eterno das mudáveis coisas
Novo Inverno após novo Outono volve
À diferente terra
Com a mesma maneira.
Porém a mim nem me acha diferente
Nem diferente deixa-me, fechado
Na clausura maligna
Da índole indecisa.
Presa da pálida fatalidade
De não mudar-me, me infiel renovo
Aos propósitos mudos
Morituros e infindos.

24.11.1925

Gepflückt, verdirbt die Frucht und fällt zu Boden,
auch wenn sie nie gepflückt.
Gleich bleibt das Los, ob wir es suchen oder
erwarten. Zufall heute,
doch immer Schicksal und auf jede Weise
fremd uns und unbezwinglich.

XVIII

Wie rasch vergeht doch alles, was vergeht!
Wie jung verstirbt doch alles vor den Göttern!
Und alles ist so wenig!
Nichts wissen wir, und Phantasie ist alles.
Umkränz mit Rosen dich und trink und liebe
und schweig. Der Rest ist nichts.

XIX

Im steten Kreislauf wandelbarer Dinge
kehrt neuer Winter ein nach neuem Herbst
auf der verwandelten Erde,
in immer gleicher Weise.
Mich aber trifft er unverwandelt an,
und unverwandelt läßt er mich zurück,
unleidlich eingeschlossen
in mein unschlüssig' Wesen.
An das Verhängnis wehrlos ausgeliefert,
mich nicht zu wandeln, muß ich dennoch
stumme und todbestimmte
endlose Pläne schmieden.

XX

Frutos, dão-os as árvores que vivem,
Não a iludida mente, que só se orna
Das flores lívidas
Do íntimo abismo.
Quantos reinos nos seres e nas cousas
Te não talhaste imaginário! Quantos,
Com a charrua,
Sonhos, cidades!
Ah, não consegues contra o adverso muito
Criar mais que propósitos frustrados!
Abdica e sê
Rei de ti mesmo!

6.12.1926

XXI

Solene passa sobre a fértil terra
A branca, inútil nuvem fugidia,
Que um negro instante de entre os campos ergue
Um sopro arrefecido.

Tal me alta na alma a lenta ideia voa
E me enegrece a mente, mas já torno,
Como a si mesmo o mesmo campo, ao dia
Da imperfeita vida.

31.5.1927

XXII

Atrás não torna, nem, como Orfeu, volve
Sua face, Saturno.
Sua severa fronte reconhece
Só o lugar do futuro.

XX

Nur die lebendigen Bäume spenden Früchte,
nicht der betrogene Geist, der sich allein
ins fahle Blütenkleid
des inneren Abgrunds hüllt.
Wie viele Reiche – in den Dingen und
Geschöpfen – hat dein Traum sich angemaßt!
Wie viele Träume, Städte
dein Pflug durchschnitten!
Ach, nicht vermagst du gegen all das Widre
mehr aufzubringen als verfehlte Pläne.
So dank' nun ab und sei
König über dich selbst.

XXI

Über das reiche Land zieht feierlich
die weiße, müßige, flüchtige Wolke hin;
ein kühlerer Lufthauch hebt sie aus den Fluren
für einen dunklen Augenblick.

Hoch in der Seele schwebt mir so der träge
Gedanke und beschattet mich, doch kehr' ich,
wie zu sich selbst die Flur, alsbald zum Lichte
zurück des unvollkommenen Lebens.

XXII

Nicht kehrt zurück und nicht – wie Orpheus – wendet
sein Angesicht Saturn.
Sein strenges Antlitz kennt nur
die Zukunft. Wir besitzen

Não temos mais decerto que o instante
Em que o pensamos certo.
Não o pensemos, pois, mas o façamos
Certo nem pensamento.

31.5.1927

XXIII

Aqui, dizeis, na cova a que me abeiro,
Não stá quem eu amei. Olhar nem riso
Se escondem nesta leira.
Ah, mas os olhos e boca aqui se escondem!
Mãos apertei, não alma, e aqui jazem.
Homem, um corpo choro!

6.7.1927

XXIV

O sono é bom pois despertamos dele
Para saber que é bom. Se a morte é sono
Despertaremos dela;
Se não, e não é sono,

Conquanto em nós é nosso a refusemos
Enquanto em nossos corpos condenados
Dura, do carcereiro
A licença indecisa.

Lídia, a vida mais vil antes que a morte,
Que desconheço, quero; e as flores colho
Que te entrego, votivas
De um pequeno destino.

19.11.1927

nichts andres sicher als den Augenblick,
den recht erfaßten.
Wir soll'n ihn nicht zerdenken, sondern
erfassen, unzerdacht.

XXIII

Hier, sagt ihr, in dem Grab, zu dem ich trete,
ruh' nicht, den ich geliebt. Nicht Blick noch Lachen
        verberge diese Furche.
Und doch sind Mund und Augen hier verborgen!
Die Seele nicht, die Hände drückt' ich einst!
        Ein Mensch, den Leib bewein' ich!

XXIV

Gut ist der Schlaf, wir wachen auf und wissen,
wie gut er ist. Wenn auch der Tod ein Schlaf ist,
        so gibt es ein Erwachen;
        wenn nicht, wenn er kein Schlummer,

so wehrt euch gegen ihn mit allen Kräften,
solang' für unsere verdammten Leiber
        der unbestimmte Urlaub
        des Kerkermeisters währt.

Das schlimmste Leben, Lydia, zieh' ich vor
dem unbekannten Tod und pflücke Blumen
        für dich als eines kleinen
        Geschickes Opfergaben.

XXV

Pesa o decreto atroz do fim certeiro.
Pesa a sentença igual do juiz ignoto
Em cada cerviz néscia. É entrudo e riem.
Felizes, porque neles pensa e sente
A vida, que não eles!

Se a ciência é vida, sábio é só o néscio.
Quão pouca diferença a mente interna
Do homem da dos brutos! Sus! Deixai
Brincar os moribundos!

De rosas, inda que de falsas teçam
Capelas veras. Breve e vão é o tempo
Que lhes é dado, e por misericórdia
Breve nem vão sentido.

20.2.1928

XXVI

Tudo que cessa é morte, e a morte é nossa
Se é para nós que cessa. Aquele arbusto
Fenece, e vai com ele
Parte da minha vida.
Em tudo quanto olhei fiquei em parte.
Com tudo quanto vi, se passa, passo,
Nem distingue a memória
Do que vi do que fui.

7.6.1928

XXVII

A cada qual, como a statura, é dada
A justiça: uns faz altos
O fado, outros felizes.

XXV

Bedrückend wirkt des sicheren Endes Fügung;
der Spruch des unbekannten Richters lastet
auf jedem Nacken gleich. 's ist Faschingszeit:
sie lachen, weil das Leben, nicht sie selber
        in ihnen denkt und fühlt.

Wenn Wissenschaft das Leben, ist der Narr
nur weise. Und vom Menschengeist zum Tier,
wie klein der Unterschied! Drum auf! Und laßt
        die Todgeweihten spielen!

Aus Rosen mögen sie, so falsch sie seien,
sich wahre Kränze winden. Kurz und nichtig
ist ihre Frist; nur aus Barmherzigkeit
        bleibt ihnen beides dunkel.

XXVI

Alles Vergängliche ist Tod, und unser
ist dieser Tod, wenn es für uns vergeht.
        Jener Strauch stirbt und mit ihm
        ein Teil von mir. In allem, was
mein Blick umspannte, blieb ein Stück von mir.
Mit dem Erschauten schwind' ich, wenn es schwindet;
        was ich geschaut und was ich war,
        kann die Erinnerung nicht trennen.

XXVII

Wie die Statur ward jeglichem sein Recht:
        Den einen schenkt das Schicksal
        Größe, den anderen Glück.

Nada é prémio: sucede o que acontece.
Nada, Lídia, devemos
Ao fado, senão tê-lo.

20.11.1928

XXVIII

Negue-me tudo a sorte, menos vê-la,
Que eu, stóico sem dureza,
Na sentença gravada do Destino
Quero gozar as letras.

21.11.1928

XXIX

Se recordo quem fui, outrem me vejo,
E o passado é o presente na lembrança.
Quem fui é alguém que amo
Porém somente em sonho.
E a saudade que me aflige a mente
Não é de mim nem do passado visto,
Senão de quem habito
Por trás dos olhos cegos.
Nada, senão o instante, me conhece.
Minha mesma lembrança é nada, e sinto
Que quem sou e quem fui
São sonhos diferentes.

26.5.1930

XXX

Não só quem nos odeia ou nos inveja
Nos limita e oprime; quem nos ama
Não menos nos limita.

Nichts ist Belohnung: was geschieht, geschieht.
Nur unser Schicksal, Lydia,
verdanken wir dem Schicksal.

XXVIII

Verweig're mir das Schicksal alles, nur nicht
es, stoisch ohne Härte, anzuschaun;
die Lettern in des Schicksals Urteilsspruch
will ich mit Lust genießen.

XXIX

Erinnr' ich, was ich war, seh' ich mich anders,
und das Vergang'ne wird zur Gegenwart.
Was ich gewesen bin,
lieb' ich, wenngleich im Traum.
Die Sehnsucht, die mich überwältigt, gilt
nicht mir, nicht einmal dem Vergang'nen, sondern
jenem, in dem ich wohne
hinter den blinden Augen.
Nichts kennt mich, nur der Augenblick. Selbst meine
Erinnerung ist nichtig, und ich fühle,
daß, was ich bin – und war,
verschiedene Träume sind.

XXX

Nicht nur, wer uns mit Haß und Neid verfolgt,
bedrückt uns und begrenzt uns; wer uns liebt,
grenzt uns nicht weniger ein.

Que os deuses me concedam que, despido
De afectos, tenha a fria liberdade
Dos píncaros sem nada.
Quem quer pouco, tem tudo; quem quer nada
É livre; quem não tem, e não deseja,
Homem, é igual aos deuses.

1.11.1930

XXXI

Se a cada coisa que há um deus compete,
Porque não haverá de mim um deus?
Porque o não serei eu?
É em mim que o Deus anima
Porque eu sinto.
O mundo externo claramente vejo –
Coisas, homens, sem alma.

12.1931

XXXII

Azuis os montes que estão longe param.
De eles a mim o vário campo ao vento, à brisa,
Ou verde ou amarelo ou variegado,
Ondula incertamente.
Débil como uma haste de papoila
Me suporta o momento. Nada quero.
Que pesa o escrúpulo do pensamento
Na balança da vida?
Como os campos, e vário, e como eles,
Exterior a mim, me entrego, filho
Ignorado do Caos e da Noite
Às férias em que existo.

31.3.1932

Mögen die Götter mich von jeder Neigung
befrein und mir der kahlen Bergesgipfel
eisige Freiheit schenken.
Wer wenig will, hat alles; und wer nichts will,
ist frei; wer nichts besitzt und nichts erstrebt,
gleicht schon als Mensch den Göttern.

XXXI

Wenn jedem Ding sein eigener Gott zukommt,
warum dann nicht ein Gott für mich?
Warum sollt' ich's nicht selbst sein?
In mir wirkt, weil ich fühle,
beseelend jener Gott.
Die äuß're Welt erblicke ich in Klarheit –
Dinge wie Menschen: seelenlos.

XXXII

Blau ruhn die Berge in der Ferne. Zwischen
ihnen und mir wogen verschwommene Fluren
im Wind und in der Brise, mannigfaltig,
bald grün, bald gelb, bald bunt.
Zerbrechlich wie des Klatschmohns Stengel
trägt mich der Augenblick. Und nichts begehr' ich.
Was kann der Skrupel des Gedankens auf der
Waage des Lebens wiegen?
Den Fluren gleich, vielfältig und wie sie
mir selbst entäußert, überlass' ich mich,
des Chaos und der Nacht vergeßner Sohn,
den Ferien dieses Daseins.

XXXIII

Lídia, ignoramos. Somos estrangeiros
Onde quer que estejamos.

Lídia, ignoramos. Somos estrangeiros
Onde quer que moremos. Tudo é alheio
Nem fala língua nossa.
Façamos de nós mesmos o retiro
Onde esconder-nos, tímidos do insulto
Do tumulto do mundo.
Que quer o amor mais que não ser dos outros?
Como um segredo dito nos mistérios,
Seja sacro por nosso.

9.6.1932

XXXIV

Sereno aguarda o fim que pouco tarda.
Que é qualquer vida? Breves sóis e sono.
Quanto pensas emprega
Em não muito pensares.

Ao nauta o mar obscuro é a rota clara.
Tu, na confusa solidão da vida,
A ti mesmo te elege
(Não sabes de outro) o porto.

31.7.1932

XXXV

Nada fica de nada. Nada somos.
Um pouco ao sol e ao ar nos atrasamos
Da irrespirável treva que nos pese
Da humilde terra imposta,
Cadáveres adiados que procriam.

XXXIII

Lydia, wir wissen nichts. Wir bleiben Fremde,
wo immer wir auch sind.

Lydia, wir wissen nichts. Wir bleiben Fremde,
wo wir auch wohnen. Alles ist uns fremd
und spricht nicht unsre Sprache.
Erbaun wir in uns selbst die Zufluchtsstätte,
wo wir uns bergen und den Andrang scheuen
des Weltgetümmels.
Will Liebe andres als nicht andrer sein?
Wie ein Geheimnis, ausgesagt in den Mysterien,
sei heilig sie, weil unser.

XXXIV

Gelassen warte auf das nahe Ende.
Was ist das Leben? Schlaf und kurze Sonnen.
        Was du auch denkst, verwend es,
        um nicht zu viel zu denken.

Das düstre Meer weist klaren Kurs dem Schiffer.
Du, in der wirren Einsamkeit des Lebens,
        wähl selber dir den Hafen
        (kein andrer steht dir frei).

XXXV

Nichts bleibt von nichts. Nichts sind wir. Nur ein Weilchen
versäumen wir in Luft und Sonnenschein
uns vor dem Dunkel, dem unatembaren,
das mit der schlichten Erde auf uns lastet,
lebende Leichen, welche weiterzeugen.

Leis feitas, estátuas vistas, odes findas —
Tudo tem cova sua. Se nós carnes
A que um íntimo sol dá sangue, temos
Poente, por que não elas?
Somos contos contando contos, nada.

28.9.1932

XXXVI

Uns, com os olhos postos no passado,
Vêem o que não vêem; outros, fitos
Os mesmos olhos no futuro, vêem
O que não pode ver-se.

Porque tão longe ir pôr o que está perto —
A segurança nossa? Este é o dia,
Esta é a hora, este o momento, isto
É quem somos, e é tudo.

Perene flui a interminável hora
Que nos confesa nulos. No mesmo hausto
Em que vivemos, morreremos. Colhe
O dia, porque és ele.

28.8.1933

XXXVII

Súbdito inútil de astros dominantes,
Passageiros como eu, vivo uma vida
Que não quero nem amo,
Minha porque sou ela,

No ergástulo de ser quem sou, contudo,
De em mim pensar me livro, olhando no alto
Os astros que dominam
Submissos de os ver brilhar.

Gesetze, Statuen und Oden — alles
sinkt in sein Grab. Wenn wir, aus Fleisch und Bein,
belebt von einer inneren Sonne, unter-
gehen, warum nicht sie? Denn wir sind Märchen,
die Märchenhaftes reden, sind ein Nichts.

XXXVI

Einige wenden ihre Augen rückwärts
und sehen, was sie nicht sehn; andre richten
die gleichen Augen auf die Zukunft, sehen,
was niemand sehen kann.

Warum so weit entrücken, was so nah ist —
unsre Gewißheit? Dieser Tag und diese
Stunde und dieser Augenblick, sie sind
das, was wir sind, sind alles.

Beständig fließt — unabsehbar — die Stunde,
die einst uns tilgt. Im gleichen Atemzug,
in dem wir leben, sterben wir. So pflücke
den Tag, denn er ist du.

XXXVII

Nutzloser Sklave herrschender Gestirne,
gleich mir vergänglich, lebe ich ein Leben,
das ich nicht will noch liebe,
meines, weil ich es selbst bin;

und doch, in dieses Ich verbannt, befreie
ich mich von mir und schaue auf
zu den Gestirnen, Herrschern
über Vasallen ihres Glanzes.

Vastidão vã que finge de infinito
(Como se o infinito se pudesse ver!) –
Dá-me ela a liberdade?
Como, se ela a não tem?

19.11.1933

XXXVIII

Não tenhas nada nas mãos
Nem uma memória na alma,

Que quando te puserem
Nas mãos o óbulo último,

Ao abrirem-te as mãos
Nada te cairá.

Que trono te querem dar
Que Átropos to não tire?

Que louros que não fanem
Nos arbítrios de Minos?

Que horas que te não tornem
Da estatura da sombra

Que serás quando fores
Na noite e ao fim da estrada.

Colhe as flores mas larga-as
Das mãos mal as olhaste.

Senta-te ao sol. Abdica
E sê rei de ti próprio.

19.6.1914

Sie gibt sich grenzenlos, die nichtige Weite,
(als könnte man das Grenzenlose sehen!)
doch schenkt sie mir die Freiheit?
Wie denn, wenn selbst sie unfrei?

XXXVIII

Behalte nichts in den Händen,
kein Gedenken in der Seele,

denn legt man später den letzten
Obolus dir in die Hände,

wird deinen Händen, wenn man
sie öffnet, nichts entfallen.

Wo ist der hohe Thronsitz,
den Atropos dir nicht nähme?

Wo Lorbeer'n, die nicht welken
unter des Minos Richtspruch?

Wo Stunden, die dich nicht
in jenen Schatten wandeln,

als der du einst zur Nachtzeit
ans Ende des Weges gelangst?

Laß fallen die gepflückten,
kaum noch beschauten Blumen.

Genieß die Sonne. Danke
ab, sei dein eigener König.

Odes sem data

Undatierte Oden

XXXIX

Deixemos, Lídia, a ciência que não põe
Mais flores do que Flora pelos campos,
Nem dá de Apolo ao carro
Outro curso que Apolo.

Contemplação estéril e longínqua
Das coisas próximas, deixemos que ela
Olhe até não ver nada
Com seus cansados olhos.

Vê como Ceres é a mesma sempre
E como os louros campos entumece
E os cala prás avenas
Dos agrados de Pã.

Vê como com seu jeito antigo
Aprendido no orige azul dos deuses,
As ninfas não sossegam
Na sua dança eterna.

E como os hemadríades constantes
Murmuram pelos rumos das florestas
E atrasam o deus Pã
Na atenção à sua flauta.

Não de outro modo mais divino ou menos
Deve aprazer-nos conduzir a vida,
Quer sob o ouro de Apolo
Ou a prata de Diana.

Quer troe Júpiter nos céus toldados,
Quer apedreje com as suas ondas
Neptuno as planas praias
E os erguidos rochedos.

Do mesmo modo a vida é sempre a mesma.
Nós não vemos as Parcas acabarem-nos.
Por isso as esqueçamos
Como se não houvessem.

XXXIX

Nur fort von aller Wissenschaft, o Lydia,
die unsern Fluren nicht mehr Blumen schenkt
als Flora, auch den Lauf
des Sonnenwagens nicht

verändert. Sinnloser Weitblick
auf nahe Dinge, mag sie schauen,
bis sie nichts mehr erkennt
mit den erschöpften Augen.

Sieh nur, wie Ceres stets dieselbe bleibt,
wie sie die blonden Felder schwellen läßt
und Schweigen ausgießt für
Gott Pans geliebte Flöte!

Sieh, wie mit ihrer immer alten Kunst,
erworben in der Götter blauem Ursprung,
die Nymphen nimmer rasten
in ihrem ewigen Tanze!

Wie die beständigen Hamadryaden
in allen Richtungen der Wälder murmeln
und eifriger als Pan
dem Klang der Flöte lauschen.

Nicht anders, götternäher oder -ferner,
gefall' es uns, das Leben hinzubringen
unter Dianas Silber
oder Apollos Gold.

Es donn're Jupiter aus trüben Himmeln,
es steinige Neptun mit seinen Wogen
die flachen Ufer und
die aufgereckten Felsen,

auf gleiche Art bleibt sich das Leben gleich.
Wir sehn die Parzen nicht, die uns vernichten.
So laß uns sie vergessen,
als ob es sie nicht gäbe.

Colhendo flores ou ouvindo as fontes
A vida passa como se temêssemos.
Não nos vale pensarmos
No futuro sabido

Que aos nossos olhos tirará Apolo
E nos porá longe de Ceres e onde
Nenhum Pã cace à flauta
Nenhuma branca ninfa.

Só as horas serenas reservando
Por nossas, companheiros na malícia
De ir imitando os deuses
Até sentir-lhes a calma.

Venha depois com as suas cãs caídas
A velhice, que os deuses concederam
Que esta hora por ser sua
Não sofra de Saturno
Mas seja o templo onde sejamos deuses
Inda que apenas, Lídia, pro nós próprios;
Nem precisam de crentes
Os que de si o foram.

XL

É tão suave a fuga deste dia,
Lídia, que não parece que vivemos.
Sem dúvida que os deuses
Nos são gratos esta hora,

Em paga nobre desta fé que temos
Na exilada verdade dos seus corpos
Nos dão o alto prémio
De nos deixarem ser

Den Quellen lauschend oder Blumen pflückend,
vergeht das Leben – ob wir uns gleich fürchten.
An die bekannte Zukunft
zu denken nützt uns nicht,

denn unsren Augen raubt sie doch Apollo
und rückt uns, fern von Ceres, dorthin, wo
kein Pan beim Flötenklang
nach weißen Nymphen jagt.

Betrachten wir allein die heitren Stunden
als Eigentum, Gefährten in der List,
die Götter nachzuahmen,
bis ihre Stille unser.

Dann nahe sich mit weißem Haar
das Alter, denn die Götter gönnten uns,
daß diese Stunde, weil es ihre ist,
nichts von Saturn erleidet,
sondern der Tempel bleibt, worin wir Götter,
wenn wir's auch, Lydia, für uns selbst nur sind;
die an sich selber glaubten,
bedürfen keiner Gläubigen.

XL

So sanft fließt dieser Tag dahin, o Lydia,
daß uns das Leben kaum bemerkbar scheint.
In dieser Stunde sind
die Götter uns gewogen

und lohnen fürstlich unsern Glauben an die
verbannte Wahrheit ihrer Leiber, gönnen
uns auch den hohen Preis,
in ihre Stille uns

Convivas lúcidos da sua calma,
Herdeiros um momento do seu jeito
De viver toda a vida
Dentro dum só momento,

Dum só momento, Lídia, em que afastados
Das terrenas angústias recebemos
Olímpicas delícias
Dentro das nossas almas.

E um só momento nos sentimos deuses
Imortais pela calma que vestimos
E a altiva indiferença
Às coisas passageiras

Como quem guarda a c'roa da vitória.
Estes fanados louros de um só dia
Guardemos para termos,
No futuro enrugado,

Perene à nossa vista a certa prova
De que um momento os deuses nos amaram
E nos deram uma hora
Não nossa, mas do Olimpo.

XLI

Sob a leve tutela
De deuses descuidosos,
Quero gastar as concedidas horas
Desta fadada vida.

Nada podendo contra
O ser que me fizeram,
Desejo ao menos que me haja o Fado
Dado a paz por destino.

als hellbewußte Gäste einzulassen,
auf Augenblicke ihrer Kunst teilhaftig,
in einem Augenblick
das Leben ganz zu leben,

in einem einzigen Augenblick, o Lydia,
da wir, entfernt von allen Erdenängsten,
die Wonnen des Olymp
in unsre Seelen trinken.

Wir fühlen uns in diesem Augenblick
wie Götter, und die Stille füllt uns aus
und ein erhabner Gleichmut
gegen Vergängliches.

Wie einer aufbewahrt den Siegeskranz,
bewahren wir die welken Lorbeern eines
einzigen Tags für uns.
In der geschrumpften Zukunft

sind sie der ewige Beweis, daß uns
die Götter einen Augenblick lang liebten
und eine Stunde schenkten:
olympisch – und nicht unsre.

XLI

Unter der leichten Obhut
achtloser Götter will ich
vergeuden die mir zugemessenen Stunden
dieses verhängten Lebens.

Ohnmächtig gegen dieses
mir auferlegte Sein,
wünsch' ich zumindest, Friede sei zum Schicksal
vom Fatum mir bestimmt.

Da verdade não quero
        Mais que a vida; que os deuses
Dão vida e não verdade, nem talvez
        Saibam qual a verdade.

XLII

Para os deuses as coisas são mais coisas.
Não mais longe eles vêem, mas mais claro
Na certa Natureza
E a contornada vida...
Não no vago que mal vêem
Orlar misteriosamente os seres,
Mas nos detalhes claros
Estão seus olhos.
A Natureza é só uma superfície.
Na sua superfície ela é profunda
E tudo contém muito
Se os olhos bem olharem.
Aprende, pois, tu, das cristãs angústias,
Ó traidor à multíplice presença
Dos deuses, a não teres
Véus nos olhos nem na alma.

XLIII

Aos deuses peço só que me concedam
O nada lhes pedir. A dita é um jugo
        E o ser feliz oprime
Porque é um certo estado
Não quieto nem inquieto meu ser calmo
Quero erguer alto acima de onde os homens
        Têm prazer ou dores.

Nichts als das Leben will
        ich von der Wahrheit; denn
die Götter spenden Leben und nicht Wahrheit –
        wissen sie selbst, was wahr ist?

XLII

Mehr Dinge sind die Dinge für die Götter.
Nicht weiter, sondern klarer blicken sie
auf sichere Natur
und scharf umriss'nes Leben . . .
Nicht auf dem Unbestimmten, das sie kaum
die Wesen unbegreiflich säumen sehen,
sondern auf klaren Einzelheiten
ruhn ihre Augen.
Denn die Natur, sie ist nur Oberfläche.
An ihrer Oberfläche ist sie tief,
und alles birgt ein Viel,
wenn die Augen es recht anschaun.
So lerne denn, Verräter an der Götter
vielfält'ger Gegenwart, aus Christenängsten,
und von den Augen wie
der Seele zieh die Schleier.

XLIII

Die Götter bitt' ich nur, daß nichts zu bitten,
sie mir vergönnen. Glück ist nur ein Joch,
        und Glücklichsein beschwert,
        weil es mich festlegt.
Mein stilles Leben, ruhig nicht noch ruhlos,
will hoch ich heben über andrer Menschen
        Genüsse oder Leiden.

Odes inacabadas

Metrisch unvollkommene Oden

XLIV

A palidez do dia é levemente dourada.
O sol de Inverno faz luzir como orvalho as curvas
Dos troncos de ramos secos.
O frio leve treme.

Desterrado da pátria antiquíssima da minha
Crença, consolado só por pensar nos deuses,
Aqueço-me trémulo
A outro sol do que este.

O sol que havia sobre o Pártenon e a Acrópole
O que alumiava os passos lentos e graves
De Aristóteles falando.
Mas Epicuro melhor

Me fala, com a sua cariciosa voz terrestre
Tendo para os deuses uma atitude também de deus,
Sereno e vendo a vida
À distância a que está.

19.6.1914

XLIV

Des Tages Blässe taucht in leichtes Gold
die Wintersonne, läßt wie Tau die Beugen
der trocknen Zweige funkeln.
Die leichte Kälte bebt.

Aus meines Glaubens altem Vaterlande
verbannt, nur im Gedenken an die Götter
getröstet, wärm' ich fröstelnd
an anderer Sonne mich,

die über Parthenon und Akropolis
des Aristoteles Gespräch und ernsten,
gemessnen Schritt erhellte.
Doch Epikur spricht besser

mich an mit seiner zärtlichen, ird'schen Stimme;
den Göttern wie ein Gott die Stirne bietend
und heiter, sah er das Leben
so fern an, wie es ist.

Nachwort des Übersetzers

Unter den Kunstgeschöpfen, in deren Namen Fernando Pessoa dichtete und schrieb, nimmt Alberto Caeiro einen Ehrenplatz ein. Lustvoll hat der portugiesische Dichter an Caeiros Legende gewoben, bis schließlich Wahrheit und Fiktion ein unauflösbares Knäuel bildeten. Ein Musterbeispiel für diese absichtsvolle Legendenbildung ist der Brief, den Pessoa in seinem Todesjahr – am 13.1.1935 – an seinen jüngeren Bewunderer, den Dichter und Kritiker Adolfo Casais Monteiro, gerichtet hat, worin es heißt: »Gegen 1912, wenn ich nicht irre (groß kann der Irrtum auf keinen Fall sein), kam ich auf den Gedanken, einige Gedichte heidnischer Art zu schreiben. Ich skizzierte einiges in freien Versen (nicht im Stil von Álvaro de Campos, sondern in einem halbwegs regelmäßigen Stil) und gab dann die Sache auf. Gleichwohl war mir in einem schlecht gewobenen Halbschatten ein ungefähres Bild der Person erschienen, die diese Verse schrieb. (Ohne mein Wissen war Ricardo Reis geboren.)

Anderthalb oder zwei Jahre später verfiel ich eines Tages auf den Gedanken, dem Sá-Carneiro[1] einen Streich zu spielen – einen bukolischen Dichter komplizierter Art zu erfinden und ihm, wie weiß ich nicht mehr, mit einem Anstrich von Wirklichkeit vorzustellen. Ich verbrachte einige Tage damit, diesen Dichter auszuarbeiten, aber es wurde nichts daraus. An dem Tage, an dem ich es endlich aufgegeben hatte – es war der 8. März 1914 –, stellte ich mich an eine hohe Kommode, nahm ein Stück Papier und begann zu schreiben, stehend, wie ich immer wenn irgend möglich schreibe. Ich schrieb über dreißig Gedichte in einem Zuge in einer Art von Ekstase, deren Besonderheit ich nie werde definieren können. Es war der triumphale Tag meines Lebens; einen anderen dieser Art werde ich nicht erleben. Ich begann mit einem Titel: ›Der Hüter der Herden‹. Und dann erschien jemand, dem ich sogleich den Namen Alberto Caeiro gab. Entschuldigen Sie das Absurde des Satzes: in mir war mein Meister erschienen. Dies war meine unmittelbare Empfindung. Und sie war derart mächtig, daß ich, kaum waren die über dreißig Gedichte geschrieben, sofort zu einem anderen Bogen griff und gleichfalls in einem Zuge die sechs Gedichte niederschrieb, die den ›Schrägen Regen‹ Fernando Pessoas bilden. Es war die Rückkehr von Fernando Pessoa Alberto Caeiro zu Fernando Pessoa allein. Oder besser: Es war die Reaktion Fernando Pessoas auf seine Nicht-Existenz als Alberto Caeiro.«

Wie man sieht, gibt sich der Dichter, sonst ein ständig über ästhetische Probleme reflektierender und Programme entwerfender Geist, in seinem Brief jede erdenkliche Mühe, seinen Briefpartner von der Geburt Caeiros unter dem Zwang der Inspiration zu überzeugen. Doch nur zwei der vorgeblich in Ekstase verfaßten dreißig Gedichte tragen das Datum des 8.3.1914. Die übrigen sind undatiert und lassen die Frage offen, ob sie wirklich allesamt an einem Tage geschrieben worden sind. Die unter dem Manuskript des »Hüters der Herden« figurierende Jahreszahl 1911/12 ist auf jeden Fall fiktiv — der Legende gemäß stirbt Cairo im Jahre 1915 an Tuberkulose, und sein Schöpfer wollte offenbar nicht seine gesamte dichterische Produktion auf sein letztes oder vorletztes Lebensjahr datieren. Caeiros Tod hat Pessoa nicht gehindert, zumindest Teile des »Verliebten Hirten« im Jahre 1930 zu schreiben, als seine Beziehung zu Ophélia Queirós endgültig in die Brüche ging.

Mit dem Briefpartner ändert sich Pessoas Selbstdarstellung. Dem Kritiker João Gaspar Simões will der Dichter die Entstehung der Heteronyme, den diesbezüglichen Interessen seines Adressaten entsprechend, als Ergebnis seiner psychischen Sonderart verständlich machen. Unter dem 11.12.1931 schreibt er: »Der zentrale Punkt meiner Künstlerpersönlichkeit ist, daß ich ein dramatischer Dichter bin; in allem, was ich schreibe, verbindet sich ständig der innere Aufschwung des Dichters mit der Entpersönlichung des Dramatikers. Ich schwinge mich auf als ein anderer — das ist alles. Vom menschlichen Gesichtspunkt aus — an den der Kritiker nicht rühren sollte, weil es ihm nichts bringt, wenn er daran rührt — bin ich ein Hysteroneurastheniker bei Vorherrschaft des hysterischen Elements in der Gefühlsbewegung und des neurasthenischen in der Intelligenz und im Willen (Gewissenhaftigkeit der ersteren, Schwäche des zweiten). Sobald der Kritiker jedoch begreift, daß ich wesensgemäß ein dramatischer Dichter bin, besitzt er den Schlüssel zu meiner Persönlichkeit, so weit sie ihn oder jemand anderes, der kein Psychiater ist, was der Kritiker vermutlich nicht sein muß, fesseln kann. Mit diesem Schlüssel versehen, kann er langsam alle Schlösser meines Ausdrucks aufsperren. Er weiß dann, daß ich als dramatischer Dichter fühle, indem ich mich von mir ablöse; daß ich als Dramatiker (ohne Dichter) automatisch das, was ich fühle, in einen Ausdruck übertrage, der dem von mir Gefühlten fremd ist, indem ich fühlend eine inexistente Person aufbaue, die es in Wahrheit fühlt und per Ableitung andere Emotionen spüren kann, die ich als reines Ich zu fühlen vergessen habe.« Pessoa hat sich ausdrücklich als eine Art Shakespeare der Lyrik aufgefaßt. Die Dichtung Alberto Caeiros, die der vorliegende Band vollständig enthält, ist für ihn daher als Kunstausdruck ebenso aufrichtig wie die Reden König Lears, der nicht Shakespeare ist, aufrichtig sind.

Die anekdotische Ausstattung, mit der Pessoa seinen »Meister« versehen hat, gehört ebenfalls in das Kapitel Legendenbildung und ist zum Verständnis dieser Dichtung unbrauchbar. Ob wir wissen oder nicht, daß Caeiro 1889 in Lissabon auf die Welt kam, blond und blauäugig war und den Großteil seines Lebens ohne Beruf im weißgekalkten Haus einer Tante auf einem Hügel im Alentejo verbrachte und 1915 an Tuberkulose verstarb, ist für das Verständnis seiner Verse gänzlich belanglos.

Etwas ergiebiger sind Pessoas Hinweise in den »Páginas íntimas e de auto-interpretação« auf drei Vorläufer und Anreger Alberto Caeiros: auf den Amerikaner Walt Whitman (1819–1892), den Franzosen Francis Jammes (1868–1938) und den Portugiesen Teixeira de Pascoaes (1877–1952). Whitman und Jammes verdankt Caeiro den freien, prosanahen Vers, den er, anders als der Amerikaner, ganz unpathetisch verwendet, Jammes außerdem den bukolischen Charakter seiner Gedichte. Zur allbeseelenden Lyrik von Teixeira de Pascoaes bilden Caeiros Verse erklärtermaßen den Gegenpol. Sie verzichten ausdrücklich auf den Überschwang der Gefühle bei der Betrachtung der Naturphänomene und die metaphysische Verrätselung der Welt, die Symbolisten und Saudosisten gleichermaßen gemeinsam waren. Caeiro setzt die Sinneswahrnehmungen an die Stelle der Gedanken und verzichtet ausdrücklich auf eine Gesamtdeutung der Welt – daß seine Absichten nicht vollauf verwirklicht werden, erhöht nur noch den Reiz seiner in der europäischen Lyrik der Epoche einzig dastehenden Gedichte.

Caeiro versteht sich als einfachen Dichter, ist aber alles andere als einfach, obwohl sein Vokabular eingeschränkt und seine Syntax leicht verständlich ist. Gleich die beiden ersten Verse des »Hüters der Herden« zeigen das volle Ausmaß der Komplikation:

> Nie habe ich Herden gehütet
> und doch ist's, als ob ich sie hüten würde ...

Mit diesem »als ob« setzt die Fiktion ein, die Caeiros gesamtes schmales Werk durchzieht: der »Hüter der Herden« hütet nicht Schäfchen, sondern Empfindungen, aber seine Empfindungen sind bukolischer Natur und fangen auf und ein, was jeder Mensch im Umgang mit der Außenwelt erlebt: Blumen, Bäume, Bäche, Sonne, Mond und Sterne. Gedanken werden vom Dichter als lästiger Ballast empfunden und tunlichst abgewehrt, denn Caeiro versteht sich als Kind, das allein imstande ist, die Welt alle Augenblicke kraft seiner Empfindungen neu zu erleben.

> Wenn ich jung sterben sollte, so hört doch dies:
> Nie war ich mehr als ein spielendes Kind. (XIV)

Auch das Jesuskind kommt in dem blasphemischen Gedicht VIII als spielendes Kind zu dem kindhaften Dichter und bestärkt ihn in seiner (von Francis Jammes angeregten?) franziskanischen Weltfrömmigkeit, die Menschen und Dinge in einer großen Brüderlichkeit zusammenschließt:

> Gesegnet sei die Sonne anderer Länder,
> die alle Menschen meine Brüder werden läßt ... (XXXVIII)

Manche Leser werden sich daran stoßen, daß Caeiro nichts von sozialistischen Weltverbesserern hält – im Unterschied zu Pessoas übrigen Dichtungen treten sie in Caeiros Versen gleich zweimal in Erscheinung und provozieren Caeiros Bekenntnis, an der Ungerechtigkeit in der Welt nichts ändern zu wollen, weil sie nicht durchgreifend verändert werden könne. Innerhalb von Caeiros statischem Weltgefühl ist dies eine konsequente Haltung, zu der als Äquivalent die Ablehnung des Krieges gehört, weil auch dieser brutal verändern will und dadurch in das »vollkommen äußere Wesen der Welt« eingreift. Caeiros Lyrik ist kontemplativ und verneint jegliche Aktion außer der einen: schauen. Dynamik ist aus Caeiros Weltbild ausgeklammert; sie bleibt Álvaro de Campos, Caeiros Schüler, vorbehalten, der die zivilisatorischen Errungenschaften des 20. Jahrhunderts besingt.

In die bukolische Versprosa Caeiros sind die Utensilien der

technischen Zivilisation nicht einbezogen. In der Ferne pfeift ein Eisenbahnzug, am Hause Caeiros rollt eine Kutsche vorbei, im Hausinneren tickt eine Uhr – das ist alles. Befremdet werden zumal deutsche Leser, die Lyrik unserer Naturdichter von Hölty bis Loerke im Ohr, auf Caeiros stolzen Anspruch reagieren, er sei ein »Dolmetsch der Natur«, ihr »Entdecker« und ein »Argonaute der echten Sinneswahrnehmung«. Kann man abstrakter von Naturphänomenen reden als Caeiro, der stets von Blumen spricht und nie von Veilchen oder Narzissen? Will sich Caeiro am Ende über uns lustig machen, wenn er in XI feststellt:

> Die Dame dort hat ein Klavier.
> Es klingt angenehm, aber nicht wie das Strömen der Flüsse
> oder das Säuseln der Bäume . . .

Will uns Caeiro zum Narren halten, indem er die gesamte ältere Bukolik in XII gelassen vom Tisch wischt?

> Die Hirten Vergils, die bedauernswürdigen, sind nur Vergil,
> und die Natur ist schön und uralt . . .

Die Frage ist offenbar, was man unter Natur versteht. Caeiros Lyrik räumt die falschen Gefühle ab, die uns die Romantik vererbt hat, und reduziert die Welt auf das Grundmuster: Mensch und Ding, auf die Polarität zwischen Sein und Denken, die zugunsten des Seins entschieden wird. Die entwaffnende (absichtsvolle) Kunstlosigkeit mancher Verse kontrastiert mit anderen, die plötzlich erhellen, weshalb Caeiro Pessoas übrigen Heteronymen als Meister erscheinen mußte:

> . . .weil ich so groß bin wie das, was ich sehe,
> nicht so groß wie ich bin.

In stiller Hinnahme der Welt und gänzlicher Ergebung in den Ablauf der Natur gipfelt Caeiros Lebensweisheit, und um ihretwillen betrachten ihn die beiden anderen Dichtergeschöpfe Pessoas, Ricardo Reis und Álvaro de Campos, als Meister.

Caeiros erster Schüler, Ricardo Reis, hat den Lehrmeister in seinem Sinne umgedeutet. Der Dichter klassizistischer Oden versteht Alberto Caeiro als objektiven Dichter (im Gegensatz zum Subjektivismus der Romantik und der spätromantischen Bewegung des Symbolismus), als wiedergeborenen Griechen und einzigen echten Vertreter einer heidnischen Erlebnisweise. Caeiro sei

Heide aus Instinkt, nicht wie Nietzsche dank einer Willensanstrengung. Auch zu Ricardo Reis ist Fernando Pessoa Anekdotisches eingefallen. In dem bereits zitierten Brief an Casais Monteiro liest man: »Ricardo Reis wurde 1887 in Porto geboren (Tag und Stunde fallen mir nicht mehr ein, aber ich habe sie irgendwo), ist Arzt und lebt im Augenblick in Brasilien.« Er sei auf einer Jesuitenschule erzogen worden und, weil Anhänger der Monarchie, freiwillig außer Landes gegangen. Latinist sei er dank fremder und ein halber Gräzist dank eigener Erziehung.

Aus den »Páginas íntimas« erfahren wir nicht nur den Tag von Ricardo Reis' Geburt im Kopfe des Autors, sondern auch Aufschlußreiches über die hinter diesem Heteronym steckende ästhetische Absicht. »Dr. Ricardo Reis wurde in meiner Seele am 29. Januar 1914 um 11 Uhr nachts geboren. Am Vortag hatte ich bei einer ausgedehnten Diskussion über die Exzesse der modernen Kunst, vor allem bei ihrer Verwirklichung zugehört. Nach meiner Gewohnheit, die Dinge zu fühlen, ohne sie zu fühlen, ließ ich mich auf der Welle dieser momentanen Reaktion treiben. Als mir zu Bewußtsein kam, worüber ich nachdachte, sah ich, daß ich eine neuklassische Theorie entwickelt hatte und daß ich an ihr weiterarbeitete. Ich fand sie schön und hielt es für fesselnd, wenn ich sie nach Prinzipien aufbaute, die ich weder an- noch übernehme. Es kam mir der Gedanke, sie in einen ›wissenschaftlichen‹ Neuklassizismus zu verwandeln (...), gegen zwei Strömungen zu reagieren – ebenso gegen die moderne Romantik wie gegen den Neuklassizismus à la Maurras« (...)

Noch ein weiteres Fragment aus den »Páginas íntimas« sei hier angeführt, weil es zeigt, wie genau sich der Dichter bei der Erschaffung der Heteronyme über deren Standort im gesamteuropäischen Konzert im klaren war. Es stammt vermutlich aus dem Jahre 1916 und lautet: »Wir können die Charakteristika der gegenwärtigen Epoche in drei Gruppen unterteilen ... Wir erleben die Dekadenz, die aus dem Bankrott aller vergangenen, ja sogar noch vor kurzem gültigen Ideale resultiert. Wir erleben die Intensität, das Fieber, die turbulente Aktivität des modernen Lebens. Wir erleben schließlich den nie dagewesenen Reichtum an Gefühlen, an Ideen, an Fieberanfällen und Delirien, den die europäische Stunde uns bringt.

Die moderne Kunst muß daher:

1. entweder heiter das Gefühl der Dekadenz pflegen, indem sie

skrupulös alle Dinge beachtet, die für die Dekadenz charakteristisch sind – die Nachahmung der Klassiker, die Reinheit der Sprache, die übermäßige Pflege der Form, sie alle kennzeichnend für schöpferisches Unvermögen;

2. oder mit der gesamten Schönheit der Gegenwart vibrieren lassen, mit der ganzen Woge von Maschinen, Handel und Industrien ... (...)«

Die Schönheit der Gegenwart, des Handels und der Technik besingt Caeiros zweiter Schüler, der Schiffsingenieur Álvaro de Campos, in seinen frühen großen Oden. Ricardo Reis verwirklicht die Kunst der Dekadenz. Die portugiesische Sprache erlaubt keine so strenge Nachbildung antiker Metren, wie sie die deutschsprachige klassizistische Lyrik von Klopstock bis R. A. Schröder oder J. Weinheber versucht hat. Der Übersetzer hat daher zwar versucht, den sehr mannigfaltigen Rhythmus der Reis-Oden nachzugestalten, sich aber dort, wo dies allzu verkrampft wirkte, auf die Herstellung eines odengemäßen Rhythmus beschränkt. Im übrigen hat er die Reihenfolge wiederhergestellt, in der Pessoa die Oden seines klassizistischen Heteronyms bei Lebzeiten in den Zeitschriften »Athena« und »Presença« veröffentlicht hatte. Die portugiesischen Herausgeber des dichterischen Nachlasses von Pessoa, J. G. Simões und Luis de Montalvor, hatten diese Reihung grundlos abgeändert, was der brasilianische Kritiker Silva Belkior zu Recht beanstandet hat. Die deutsche Ausgabe berücksichtigt nunmehr die beiden vom Dichter selbst edierten Anthologien und schließt daran eine Auswahl von aus dem Nachlaß edierten Oden. Insgesamt enthält also die deutsche Ausgabe 74 von 127 Oden; Ricardo Reis' Thematik kommt in dieser Auswahl vollständig zum Ausdruck.

Im Namen von Ricardo Reis hat Pessoa bis zu seinem Tode gedichtet. Diese klassizistische Kunst der Dekadenz ist ihm offenbar als eine langfristige Möglichkeit der europäischen Kunst erschienen. Tatsächlich hat der Klassizismus nach beiden Weltkriegen in Malerei, Musik und Dichtung die Künstler inspiriert; man denke an Cocteau, Prokofjew oder Giraudoux. Klassizistische Kunst erscheint nach den blutigen Konflikten der Epoche nicht als Ausdruck des Verfalls und des nahen Untergangs, sondern als Wille zur Rückbesinnung auf die europäische Überlieferung.

Epikureertum und Stoizismus sind in Ricardo Reis' Oden

unauflöslich verbunden. In der Gestalt von Spruchdichtung laden sie ein zum Lebensgenuß – »jedoch mit Maßen« – in unserem allzu rasch vergehenden Leben. Wie Caeiro will auch Reis den Augenblick »nicht zerdenken«, sondern unzerdacht erfassen. Wie Caeiro sind ihm Vaterland und geschichtliches Handeln gleichgültig: »Dem Vaterlande zieh' ich Rosen vor . . .« Wie Caeiro geht auch ihm das Dasein vor dem Denken. Abwertend spricht auch der Klassizist von dem »betrogenen Geist, der sich allein ins fahle Blütenkleid des inneren Abgrunds hüllt«. Blaß sind die Frauengestalten in diesen Oden, ihre Namen aus Horaz entlehnt, schemenhafte Adressatinnen eines mürben Lebensgefühls, das nicht starke Emotionen sucht, sondern Stille und Fluchtpunkte in der Unrast der Welt. Wie in Bernardo Soares' »Buch der Unruhe« heißt es auch in der Ode XXXIII:

> Nicht nur, wer uns mit Haß und Neid verfolgt,
> bedrückt uns und begrenzt uns; wer uns liebt,
> grenzt uns nicht weniger ein . . .

Die lateinischen Götternamen, mit denen Reis seine klassizistische Lyrik schmückt, sind oftmals nur Periphrasen für die Naturkräfte: Ceres steht für die Erde, Apollo für die Sonne, Pluto für das Reich des Todes. Reminiszenzen an die im südafrikanischen Durban genossene klassische Bildung sind Jupiter, Saturn und Hyperion. Christus erscheint in diesem Pantheon als ein weiterer Gott, »einer vielleicht, der fehlte«; seine ausschließliche Verehrung wird als unangemessen abgelehnt. Es ist keine heitere Antike, auf die sich Ricardo Reis beruft; Bacchus gibt in den Oden nur ein kurzes Gastspiel. Über Reis' Gedichten steht das drohende Fatum. Angst vor dem Schicksal durchdringt unser Dasein, das Fatum ist die einzige Macht, die vom Dichter stark empfunden wird. Fremde Mächte bestimmen das menschliche Handeln – man spürt den Nachhall von Pessoas Bemühungen um die Erfassung gnostischer und theosophischer Lehren –, die Götter sind uns fern und fremd und überlassen uns dem Fatum, dem sie selber ausgeliefert sind. Der Mensch hat sich mit seinem Schicksal abzufinden und um so besser für ihn, wenn er es freiwillig bejaht. Das Äußerste, was Menschen erreichen können, ist Selbsterkenntnis, Einsicht in die eigene Nichtigkeit und als Folge dieser Einsicht der Rückzug aus Ehrgeiz und Anmaßung, die Abdankung von sich selbst. »Dank' ab, sei dein eigener König!«, lautet ein Motto, das in

Pessoas Werk immer wiederkehrt. Abdanken und sich mit dem Schicksal abfinden – das ist die Lebenshaltung der Dekadenz, jener Fin-de-siècle-Mentalität, die auch im »Buch der Unruhe« Spuren hinterlassen hat. Dessen ungeachtet ist Resignation nicht das letzte Wort des Stoikers Ricardo Reis. In der Ode XXX ermutigt er den Menschen zur heroischen Selbstverwirklichung in einer undurchschaubaren Welt.

> Den einen schenkt das Schicksal
> Größe, Glück den andern.

Diese Selbstaussage erfährt noch eine Ergänzung in der Ode XXXIX:

> Um groß zu sein, sei ganz: Entstelle und
> verleugne nichts, was dein ist. Leg, was du bist,
> in dein geringstes Tun ...

So sind Ricardo Reis' Oden nicht nur ein Dokument der Dekadenzliteratur, sondern auch eine Anleitung zur Eudämonie, zum glücklichen oder zumindest abgefundenen Leben. Sie ergibt sich nicht von ungefähr aus der schöpferischen Wiederaufnahme des griechisch-römischen Erbes, das Europas Dichtern immer wieder starke Impulse vermittelt hat. Mit seinem Heteronym Ricardo Reis bekennt sich Fernando Pessoa auf Unkosten des Christentums zu dem zweiten Eckpfeiler der europäischen Tradition, zur Antike.

Georg Rudolf Lind

[1] Mário de Sá-Carneiro (1890–1916), modernistischer Dichter und engster Freund F. Pessoas (Anm. d. Ü.)

Anmerkung

Die Dichtung Alberto Caeiros ist in der vorliegenden Ausgabe vollständig enthalten. Die Oden Ricardo Reis' sind, wie dies Silva Belkior in seinem Buch »Fernando Pessoa – Ricardo Reis – os originais, as edições, o cânone das odes«, Lissabon, 1983, gefordert hat, in einer von der portugiesischen wie von der brasilianischen Ausgabe abweichenden Weise nach den Vorstellungen Pessoas geordnet: in das »Erste Buch«, in der Zeitschrift »Athena« 1924 publiziert, die acht Oden aus der Zeitschrift »Presença« und die Oden aus dem Nachlaß, wie sie die Ática-Edition enthält. Da letztere vom Dichter nicht mehr selbst zur Publikation vorbereitet werden konnte, wurde darauf verzichtet, solche Oden aufzunehmen, die nur thematische Variationen enthalten oder im Deutschen unbefriedigend wirken, insgesamt 49 Gedichte. Der Übersetzer hat sich bemüht, die Metrik der Originale zu respektieren, wo immer dies mit einer möglichst genauen Wiedergabe des gedanklichen Gehalts zu vereinbaren war.

Inhalt